Dochter van Eva

Carry Slee

Dochter van Eva

~

2004 Prometheus Amsterdam

Eerste druk 2002
Vijfde druk 2004

© 2002 Carry Slee
Omslagontwerp Mariska Cock
Foto omslag Richard Maas/Foto Formation
Foto auteur Marco Bakker
www.uitgeverijprometheus.nl
ISBN 90 446 0384 1

Een

I

'Luister goed,' zei mama, 'als je wilt dat ik ooit beter word, moeten we elke band met deze gribus verbreken.'

Ons nieuwe adres was voor iedereen geheim, zelfs voor Ada.

Gelukkig zwaaiden ze allemaal nog wel toen de verhuiswagen wegreed.

In de nieuwe straat was alles anders.

Daar hingen de moeders niet op een kussen uit het raam, zodat ik even gezellig kon kletsen. En daar had papa geen atelier in de kelder aan de overkant. Er hingen geen touwtjes uit de brievenbussen. Maar het allermoeilijkst was nog dat ik er niemand kende.

Toch ging ik nooit meer naar mijn oude straat terug. Omdat ik wilde dat mama beter werd.

En nu zei mama zomaar dat ze misschien nooit meer beter zou worden.

2

De psychiater had mama aangeraden met vakantie naar Zwitserland te gaan.

'Zwitserland?' vroeg papa verbaasd. 'Heeft hij dat echt gezegd? Daar gaan alleen mensen heen die last van hun longen hebben.' Hij snapte er niks van, want mama zeurde overal over, behalve over haar longen.

Mama zei dat de psychiater heus wel wist wat hij zei. Misschien was het papa nog niet opgevallen, maar de laatste tijd had ze het vaak benauwd en had ze een gevoel of ze stikte. Het was algemeen bekend dat berglucht wonderen deed. Maar papa was erop tegen, omdat vakanties in Zwitserland niet te betalen waren.

Toen papa de volgende dag thuiskwam stond de gang vol blikken. Mama had voor de hele vakantie blikken ingeslagen. En we hoefden echt niet bang te zijn dat het niet lekker was. Alle blikken waren van een eersteklas merk. Ze had blikken vlees, groenten, aardappelen, melk, boter, kaas en vleeswaren, zelfs koekjes en snoep.

'Als je al die blikken mee wilt nemen, mogen we wel met een verhuiswagen op vakantie,' zei papa.

Mama stelde voor een imperiaal te kopen dat je boven op de

auto vast kon zetten, maar papa zei dat hij zelf ook verstikkingsverschijnselen kreeg als hij voor die ene keer zo veel geld moest uitgeven. Hij zou er wel een lenen.

Het was nog een heel gedoe om het imperiaal op de auto aan te brengen, want aan één kant was er iets afgebroken zodat hij daar niet vastgeklemd kon worden. Mama wilde dat papa ermee naar de garage ging. Maar papa vroeg of ze wel wist wat die lui per uur rekenden, en dat het dan wel een heel duur reisje zou worden. Bovendien had de kleermaker van wie hij hem geleend had, er al zo'n beetje heel Europa mee afgereisd. Hij zette 'm zelf wel vast, met een touw.

Mama was bang dat we 'm onderweg zouden verliezen.

'Jullie kunnen nog eerder mij verliezen,' zei papa. 'Dat ding zit muurvast!'

Als mama had geweten dat er zo veel werk aan vastzat, zou ze nooit voorgesteld hebben om op vakantie te gaan. Al onze kleren moesten worden gewassen, want ze wilde alles meenemen. Het zou haar niet gebeuren dat ze eindelijk op vakantie was en dan nog in een of andere gootsteen onze vuile was kon uitknoedelen.

Al vijf dagen van tevoren haalde ze onze klerenkast leeg en moesten we in oude kleren die veel te klein waren naar school. Ze had niet eens tijd om te koken want ze stond de hele dag te wassen en te strijken.

'Dan maak je toch een blik open,' zei papa. Maar dat wilde mama niet want de blikken waren precies uitgeteld.

Een paar dagen voor we zouden vertrekken zei mama dat ze scheel zag van het wassen. Ze had er een hard hoofd in of ze het wel zou halen. Het huis moest schoon worden achtergelaten, anders kweekten we ongedierte. We zouden de eersten niet zijn die bij thuiskomst een muizenplaag aantroffen. Ze strooide dan ook muizengif, maar dat alleen leek haar niet afdoende.

De laatste dag mocht er niemand meer in huis, anders kwam er toch nog vuil van de straat mee naar binnen. Els en ik stonden buiten te wachten. We wisten niet hoe lang het zou duren en we mochten het ook niet vragen want mama zei dat we haar dan voordat we weggingen alsnog konden laten opnemen.

Als papa had kunnen helpen was het misschien sneller gegaan, maar papa moest de dozen met blikken boven op de auto vastbinden. Toen het eindelijk was gelukt, kwam hij erachter dat het zeil waarmee de blikken moesten worden afgedekt te krap was.

Eindelijk ging de deur open. Mama liep voor papa uit, die de koffers naar beneden droeg. 'Pas op!' riep ze bij elke bocht en ze hield de deur voor papa open. 'Ik moet er niet aan denken dat er iets met mijn drank gebeurt.' Ze had de flessen met medicijn wel zorgvuldig tussen het linnengoed gestopt, maar ze was bang dat papa met zijn dolle kop ergens tegenaan zou stoten en dat ze dan braken. Mama zei dat ze de koffers echt liever zelf naar beneden had gedragen, maar dat kon nou eenmaal niet. Vrouwen mochten niet zwaar tillen.

Papa zette de koffers bij de auto voor me neer en hield de laadklep omhoog.

'Dat mag zij niet doen,' riep mama geschrokken.

'Het is een sterke jongen, hoor,' zei papa. Hij wilde altijd dat ik jongensdingen deed. Dan had hij toch een zoon. En ik deed het, omdat ik wilde dat hij trots op me was. Ik zuchtte even toen ik de koffer in de auto tilde.

'Je moeder heeft voor de hele Zwitserse bevolking medicijnen meegenomen,' zei papa.

Mama zei dat hij zich niet zo moest aanstellen. Ze had maar één fles extra bij zich voor het geval er een brak.

Eenmaal op de snelweg vond mama het een eng idee dat al die blikken boven ons hoofd lagen. Stel je voor dat ze zouden gaan schuiven en over het dak langs de voorruit op de motorkap rolden. Dan moest papa blind rijden en waren we reddeloos verloren. Want mama vond papa toch al een chauffeur van niks, en als hij ook nog eens niks zag verloor hij de macht over het stuur. Ze probeerde steeds te luisteren of ze de blikken al hoorde rollen, maar als papa zong kon ze niks horen. En papa zong altijd in de auto.

Hoewel er niks met de blikken gebeurde, moest mama toch al snel twee lepels van haar medicijn innemen.

We waren boven in de bergen op weg naar een slaapplaats toen de auto begon te sputteren.

'Poot op het gas!' riep mama.

Papa drukte uit alle macht het gaspedaal in, maar het maakte niets uit. De auto schudde en bonkte en ineens stond hij helemaal stil. Papa kon nog net de handrem aantrekken, anders waren we achteruitgerold.

'Wat gebeurt er in Jezus Christusnaam!' riep mama.

Papa keek op de benzinemeter. 'Hij heeft dorst.'

'Je gaat me toch niet vertellen dat de benzine op is?' vroeg mama.

Papa zei: 'Jij kunt goed raden!'

'Dit wordt onze dood!' riep mama. 'We kunnen geen kant meer op en het wordt nog donker ook.'

Maar volgens papa konden we nog wel achteruit. Toen raakte mama helemaal in paniek. 'Ben je gek geworden! Wie gaat er nou achteruit de berg af?'

'Deze jongen.' En papa zette de auto in z'n vrij.

'Ik stap uit!' riep mama, en voordat papa de handrem eraf kon halen deed ze de deur van de auto open.

Als mama het me zou vragen, zou ik ook uitstappen, dat wist ik. Zo ging het altijd. Als mama bang was in de auto, stapte ze uit en dan moest ik mee omdat ze niet wilde dat mij iets overkwam. Wat papa deed kon haar niet schelen en die grote, zoals ze Els noemde, was oud en wijs genoeg om voor zichzelf te zorgen. Maar ik moest mee. En tot nu toe had ik dat altijd gedaan, ik had altijd alles gedaan wat mama vroeg. Alleen maar omdat ik wilde dat ze weer beter werd.

Maar nu wilde ik niet uitstappen. Ik zong keihard in mezelf zodat ik mama niet kon horen. En toen ze haar hand naar me uitstak, boog ik gauw voorover, alsof er iets met mijn schoen was. De deur van de auto sloeg dicht. Toen ik opkeek was mama uitgestapt, alleen.

Terwijl papa de auto achteruit liet rollen, hoorde ik mama roepen dat hij een vuile kaffer was. En papa schreeuwde terug wat hij van mama vond. Els en ik zeiden allebei niets. We waren bang om in het ravijn te storten. Papa kon nooit goed achteruitrijden. Hij reed nog liever om als hij een paar meter achteruit moest. Maar nu kon het niet anders. De auto rolde langzaam naar achteren, en mama volgde te voet. Papa probeerde 'm in het midden van de weg te houden, maar dat lukte niet. De auto zwenkte steeds heen en weer en af en toe gingen we vlak langs de afgrond. Dan begon mama te gillen.

Els en ik knepen in elkaars hand en soms deden we onze ogen dicht, maar dat hielden we niet lang vol want we wilden toch zien wat er gebeurde. En mama schold maar, terwijl ze met haar vinger op haar voorhoofd tikte.

Auto's die de berg op- en afkwamen, toeterden. Sommige chauffeurs deden hun raampje omlaag en riepen iets in het Duits. Papa en mama en ik konden het niet verstaan, maar Els wel want die kreeg Duits op school. Volgens haar vonden de mensen het levensgevaarlijk wat papa deed.

Ineens begon mama te schreeuwen. 'Je moet nou stoppen, ik moet mijn medicijn innemen!'

'Ik kan toch godverdomme niet midden in een haarspeldbocht stoppen,' riep papa terug.

Els hield haar hand op haar linkerzij; dat deed ze altijd als ze daar pijn had. En ik had kramp in mijn buik.

'Jullie laatste uur heeft geslagen!' riep mama. 'Over enkele seconden liggen jullie morsdood beneden!'

'Dan zullen we in de hemel in elk geval niet van de honger omkomen, met al die blikken!' riep papa door het raampje.

Toen we de bocht om kwamen en hij een inham in de berm zag, zei hij: 'Die hebben ze hier speciaal voor mij aangebracht.' En hij parkeerde de auto en stapte uit. Hij hield een vrachtwagen aan die stapvoets omhoogreed. De chauffeur had een jerrycan met benzine bij zich.

'De man heeft nog op me gerekend ook,' zei papa toen de chauffeur de benzine in onze tank liet lopen. 'Beter kan toch niet. Zo zie je maar weer. Dat hebben ze hier in Zwitserland toch maar keurig geregeld.'

Mama griste haar tas van de voorbank en haalde haar medicijn eruit. Ze nam twee lepels van haar drank, de eerste extra lepels.

3

Op weg naar ons vakantiehuisje moest papa de auto steeds stil-
zetten. Dan stapte mama uit en rende in paniek over de par-
keerplaats heen en weer en dan riep ze dat de bergen op haar
afkwamen.

'Dat went wel,' zei papa. Maar het werd alleen maar erger.
Mama had het gevoel of ze geen lucht kreeg en ze wilde naar
huis. Dat vond papa onzin. Hij had het hele eind niet voor niks
gereden. Nu hij toch tussen de berggeiten zat, wilde hij het
land ook zien.

'Dan ga ik met die kleine op de trein terug,' zei mama. Maar
ik wilde niet met mama mee en zei dat ik de bergen juist mooi
vond.

'Het gaat niet om mooi!' riep mama verontwaardigd. 'Heb
je gezien hoe hoog die krengen zijn? Kijk eens om je heen.
Overal staan bergen. Voor je, achter je en naast je. Je zit opgesloten en kunt geen kant op. Net als in een koker.'

'O nee?' zei ze toen ik mijn schouders ophaalde. 'Adem
maar eens in. Toe dan, voel je wat je inademt? Nou, wat adem je
in, zeg het dan?'

'Lucht,' zei ik.

'Deze lucht is veel te ijl,' zei mama. 'Daar zit bijna geen
zuurstof in.'

Ze waarschuwde ons elke avond als we naar bed gingen. 'Denk erom dat je heel diep inademt, anders stik je in je slaap.'

Soms werd ik ook benauwd, meestal 's nachts als ik wakker werd van mama die naar het raam rende en riep dat ze stikte en dat we allemaal zouden stikken. En dan hoorde ik haar ademen en dan dacht ik gauw dat we weer thuis waren en ik naar de vijfde klas zou gaan. En dan werd ik langzaam rustig, want we waren dan wel verhuisd, maar ik kon toch op dezelfde school blijven.

Nu was de vakantie gelukkig voorbij, maar het was lang niet zo fijn op school als ik had gedacht, want we kregen handwerken.

'Ik kan niet geloven dat jij een zus van Els bent,' riep juffrouw Minkema elke keer als ze mijn breiwerk uit mijn handen rukte om de steken op te halen.

'Prutser!' riep ze dan. 'Prutser die je bent!' Eén keer smeet ze mijn breiwerk met pennen en al naar mijn hoofd. Ik dook gauw weg.

Els kon goed met haar opschieten, maar ik haatte haar, omdat ik breien haatte. En omdat ze niet snapte dat ik geen meisje was, maar papa's jongen. In plaats van handwerken had ik met de andere jongens uit de klas moeten figuurzagen.

Papa zei dat jongens niet konden breien. En dat jongens die het wel konden, geitenbreiers waren.

Ik wilde geen geitenbreier zijn. Ze zou me er niet onder krijgen. Dat maakte haar zo radeloos dat ze me op een dag een klap gaf. Mijn wang gloeide, maar ik was niet van plan de strijd op te geven. Ik kreeg nog liever een klap dan dat ik met een zelfgebreide pannenlap thuis moest komen.

Ik vertelde papa trots dat juf Minkema me geslagen had omdat ik niet wilde breien, maar dat het me niks kon schelen.

Het kon papa wel schelen. 'Is dat mens helemaal gek geworden! Ze moet haar handen thuishouden.' En hij belde het hoofd van de school op.

Toen ik de volgende dag zat te rekenen ging de deur van de

klas open. Daar stond juf Minkema, en ik wist wat ze kwam doen. Ze vroeg aan de juf of ze me even mocht lenen. De juf knikte. Die leverde me aan de vijand uit! Ik liep heel langzaam van mijn plaats naar de deur. In de klas was ik nog veilig. En op de gang was ik ook niet bang. Maar ze trok me aan mijn oorlel het lege handwerklokaal in en deed de deur dicht.

'Ik zal je leren, kreng!' zei ze, en ze sloeg me. Mijn bril vloog van mijn neus. 'Vuil kreng!' Ze bleef maar slaan, ik dacht dat ze nooit meer zou ophouden.

We hadden al een halfjaar geen handwerken meer gehad toen op een ochtend de deur van het lokaal weer openstond.

De nieuwe handwerkjuf noemde de namen op. Ze lachte heel lief naar me en keek me lang aan. Veel langer dan de andere kinderen. Ze had vast en zeker al veel over me gehoord.

Ze riep me bij zich en zei dat ik niet hoefde te breien als ik niet wilde.

Ik zei dat ik wel wilde naaien. Dat kon, omdat papa ook kleermaker was. Ik mocht een wandkleed maken met figuurtjes erop van vilt. De juf hielp me erbij en zei dat ik zo'n mooie blouse aanhad.

Toen we de week erna weer handwerken hadden, wilde ik de blouse aan die de juf zo mooi vond, maar mama had 'm in de was gestopt.

Ik vond het stom van haar, want hij was nog helemaal niet vies en ik had 'm speciaal voor deze dag bewaard.

Ik keek in mijn klerenkast, maar er was niet één blouse die erop leek. Ik vroeg me af wat ze nog meer mooi zou vinden, maar dat was heel moeilijk want ik had de nieuwe handwerkjuf natuurlijk nog maar één keer gezien. Daarom koos ik maar gewoon wat uit.

Ik was tien minuten vroeger op school dan anders, zo hard had ik gefietst. Ik stond er nog maar net toen ik de handwerkjuf zag aankomen. Ze was niet op de fiets, zoals de oude juf. Ze liep op platte schoenen met veters en ik wist zeker dat ze nooit kon omvallen. Ze had kastanjebruin haar en droeg een blauwe jas. Een wollen jas die mij een warm gevoel gaf.

Eindelijk ging de bel. Ik wilde als eerste de klas in en rende naar binnen, de trap op. Bij de kapstok trok ik mijn blouse strak omlaag zodat ze het patroon goed kon zien. Maar ze groette me alleen maar. Ik wilde haar zeggen dat die ene blouse in de was zat, dat ik 'm anders wel had aangetrokken. Ik lette heel goed op toen ze de namen oplas maar dit keer keek ze net zo lang naar mij als naar de anderen. Ik had spijt dat ik mijn blouse niet voor mama had verstopt.

'Er is toch niks?' De juf kwam naast me staan en sloeg een arm om me heen. Het was fijn, nog fijner dan die keer dat ze iets zei over mijn blouse.

4

'Dit is neuken,' zei Nelleke. En ze maakte van haar ene hand een gaatje, stak haar wijsvinger erdoor en haalde hem op en neer. Ze legde ons uit dat er vrouwen bestonden die dat voor geld deden. Ze wist van haar broer dat die vrouwen op de Wallen werkten en ze zei dat je nooit kon weten of je eigen vader ook wel eens naar de Wallen ging. Dat was zo'n beetje het meest schokkende wat ze ons tot nu toe had geleerd.

Vroeger hinkelden we altijd in de pauze of we speelden verstoppertje. Maar sinds Nelleke er was, stonden we allemaal om haar heen en luisterden vol bewondering naar haar.

'Weten jullie hoe zo'n vrouw heet die op de Wallen werkt?' vroeg Nelleke op een dag. 'Een hoer.'

Papa zei altijd dat een hoer een vrouw was die liggende haar brood verdiende om zich staande te houden. Hij zei dat ik het later wel zou begrijpen, als ik groot was.

Nelleke kon niet goed leren. Ze haalde overal onvoldoendes voor, maar ze werd er nooit mee gepest. Dat kwam omdat ze zei dat ze niet stom was, maar dat er iets aan haar hersenen mankeerde waardoor ze niks kon onthouden. Maar ze kende wel allemaal vieze rijmpjes en versjes uit haar hoofd.

Toch wilde niemand echt vriendinnen met Nelleke worden.

Dat kwam niet doordat ze er veel ouder uitzag met haar nylonkousen en hoge hakken. Dat vonden we eigenlijk wel interessant, want die nylonkousen zaten vast aan een jarretelgordel, en Nelleke liet ons precies zien hoe zo'n gordel eruitzag. Het kwam ook niet doordat ze met een heleboel spelletjes niet mee kon doen omdat ze bang was dat er dan een ladder in haar kousen kwam.

Iedereen was bang voor haar, daar kwam het door. Want Nelleke deed ook dingen met jongens, wat vies doen heette.

Toen ik nog in onze oude straat woonde had ik ook vies gedaan, met het broertje van Ada.

Om de hoek, ergens in een portiek liet hij zijn piemel aan mij zien. Ik deed mijn trui omhoog en toen drukte hij zijn piemel tegen mijn blote buik. Ik hield het voor iedereen geheim, maar hij had het aan Ada verteld. Diezelfde middag kwam Ada geschrokken naar mij toe. Ze zei dat ik nu zwanger was. Ik werd heel erg bang en raakte in paniek. Van de zenuwen kreeg ik geen hap meer door mijn keel en toen ik 's avonds in bed lag, moest ik huilen. Ik durfde het niet eens aan Els te vertellen. Pas toen ze beloofde het niet tegen papa en mama te zeggen vertrouwde ik haar toe wat ik had gedaan. En dat er een baby in mijn buik zat, waar ik niet voor kon zorgen omdat ik geen geld had. Ik wist zeker dat mama er ook niet voor kon zorgen, en ik was bang dat papa en mama mijn baby'tje zouden verdrinken, net als de buurman met de pasgeboren poesjes had gedaan.

Maar Els zei dat het niet kon. Ik was nog niet eens ongesteld en dan kon ik nooit zwanger worden. Ik vroeg Els wel drie keer of het echt niet kon. Els wist het zeker en ik geloofde haar, want Els kletste nooit zomaar wat uit haar nek zoals ik, zei mama altijd.

Na die dag voelde ik me anders dan ervoor. Ik had vies gedaan en ik wist zeker dat niemand uit mijn klas dat nog durfde. Maar Nelleke dus wel. Daarom zei ik ja toen ze vroeg of ik na schooltijd met haar mee naar huis ging.

Nelleke woonde op de Da Costakade in een benedenhuis. Dat was vlak bij de Kinkerstraat. Volgens mama was het daar nog erger dan de gribus waaruit wij weggevlucht waren. Je was je leven niet zeker in die buurt. Je kon daar op klaarlichte dag een mes in je rug krijgen.

Nelleke belde niet aan, maar haalde een sleutel uit haar zak.

'We moeten heel zachtjes doen,' zei ze. 'Want mijn ouders slapen nog en eigenlijk mag ik dan niemand meenemen.'

Ik dacht aan mama die zich vaak zo depressief voelde dat ze niet uit bed kwam. Maar wij hadden gelukkig papa nog. En Nelleke had twee zieke ouders! Ik vroeg haar of ze dat niet heel moeilijk vond. Maar Nelleke zei dat haar ouders niet ziek waren, maar overdag sliepen omdat ze een café hadden. Soms was het 's ochtends al bijna licht als ze thuiskwamen.

Nelleke stak de sleutel in het slot, draaide hem om, en sloop de gang in. Links van de gang zat een deur en die deed ze open. Ze wenkte dat ik kon komen. Ik liep op mijn tenen naar binnen en deed de deur heel voorzichtig achter me dicht.

Nelleke had een kleine kamer aan de straatkant. Er stond alleen een bed in en een rotanstoel waarin ik mocht zitten. Nelleke deed haar matras omhoog en liet de vork zien die daar lag. 'Die ligt hier omdat ik 's nachts bang ben,' zei ze.

'En je broer dan?' vroeg ik.

Nelleke legde uit dat hij al een paar keer met de politie in aanraking was geweest en dat hij nu in een soort internaat zat. Ze was elke nacht alleen thuis en durfde niet te slapen. Eén keer was ze zo bang geweest dat ze zich had aangekleed en naar het café was gegaan. Maar haar ouders waren toen heel kwaad geworden en waarschuwden dat ze haar ook naar een internaat zouden sturen als ze dat nog eens deed.

Nelleke kwam er ineens mee toen we nog maar net op haar kamer waren.

'Wil jij mijn beste vriendin worden?'

Ik was blij, want sinds we in de nieuwe straat woonden had

ik nog geen nieuwe vriendin. Op school ging ik met Willemijn om, maar die wilde na schooltijd altijd meteen naar huis.

Nelleke wilde ook nooit naar huis en bij haar mocht ook niemand binnen. Daarom zouden we best bij elkaar kunnen horen. Dan kon ik Nelleke mijn geheim vertellen, dat ik ervan droomde dat de handwerkjuf mijn moeder was.

'Ik wil wel je beste vriendin worden,' zei ik daarom.

Nelleke zei dat een beste vriendin voor haar heel belangrijk was, omdat haar ouders 's nachts nooit thuis waren. Op de vorige school had ze ook een beste vriendin gehad, bij wie ze zo vaak mocht komen eten en slapen als ze wilde.

Ze gaf me potlood en papier zodat ik kon tekenen hoe mijn kamer eruitzag. Ik tekende een piepklein kamertje, waar net één bed in paste, maar Nelleke zei dat ze haar luchtbed dan wel onder mijn bed zou schuiven. Kon ze dit weekend misschien al komen?

'Waarom niet?' zei Nelleke toen ze zag dat ik schrok. 'Of mag het soms niet van je moeder?'

'Natuurlijk wel,' zei ik. 'Van mijn moeder mag alles.'

5

'Je moet niet schrikken,' zei mama. 'Het kan best zijn dat je vandaag of morgen thuiskomt en er een ander slot op de deur zit.'

Ik dacht dat papa zijn sleutels wel weer kwijt zou zijn. Dat was al eens eerder gebeurd en toen wilde mama ook een ander slot op de deur laten zetten. Papa vond het flauwekul. Hij vroeg of mama wel wist wat dat kostte. Het was weggegooid geld, we hadden toch een goed slot? Ze kon het geld dan beter in het water gooien, dan had ze er nog lol van.

'We hebben helemaal geen goed slot meer op de deur,' zei mama. 'We kunnen de deur net zo goed wagenwijd open laten staan. Je hebt je sleutels helemaal niet verloren. Die heb je je laten ontfutselen door een of ander wijf met wie je de koffer in bent gedoken. Die wrijft zich nu in haar handen. Let op mijn woorden, zodra we onze hielen lichten komt ze de boel hier leeghalen.'

'Jammer dat je het doorhebt,' zei papa. 'Ik had juist gehoopt dat ze jou zouden weghalen.'

'Als jij zo doorgaat, komen ze me zeker weghalen,' zei mama. 'Maar dan wel tussen zes planken.'

Maar nu ging het niet om de sleutelbos van papa. Het ging om papa zelf.

'Je moet me beloven dat je niks laat merken,' zei mama. 'Ik ben erachter gekomen dat je vader het houdt met die toverkol.'

Ik wist meteen dat mama het over de eerste vrouw van papa had. Laatst had mama de trouwfoto van papa's eerste huwelijk in zijn portefeuille gevonden.

Mama zei dat ze wel wist waarom papa die foto bij zich droeg. Hij knoeide ermee als hij zogenaamd heel lang op de wc zat. Hij was toch wel heel diep gezonken dat hij dat op de foto van zo'n toverkol deed.

Papa zei dat hij niet eens wist dat die foto nog in zijn portefeuille zat. Maar dat was niet waar, hij had de foto een keer aan Els laten zien, dat had ze verteld.

Mama vertelde dat de toverkol in levenden lijve was gesignaleerd in de Jonge Roelofsteeg, waar papa zijn atelier had.

Ik vroeg hoe ze dat wist.

Iemand had mama getipt, maar ze wilde niet vertellen wie. Wel dat die persoon de komende tijd op haar verzoek papa's atelier zou beloeren om te kijken of ze die twee kon betrappen.

'En als dat zo is,' zei mama, 'dan komt je vader hier niet meer in.'

Ik schrok, omdat ik nou toch weer zou moeten kiezen. En dat wilde ik niet meer. In het oude huis moesten we ook altijd kiezen als papa en mama ruzie hadden.

'Niet janken,' zei papa dan. 'Je hoeft alleen maar te zeggen voor wie je bent.'

Papa vond het heel belangrijk dat we voor onze mening uitkwamen. 'Anders ben je een lafaard,' zei hij. En dan vertelde hij over de oorlog, over Zwitserland, dat toen neutraal was geweest. Daar had hij echt geen hoge pet van op. En mama vertelde over tante Door, papa's zuster, die ook nooit een standpunt innam, en het achter haar ellebogen had. Maar dan zei papa weer dat dat er niks mee te maken had.

Els wilde dat papa wel een hoge pet van haar op had en ze koos voor papa. Daarom koos ik maar voor mama, omdat ik het anders zielig vond. Ik zei er wel altijd bij dat ik papa ook lief vond.

'Daar gaat het nu niet om,' zei papa dan. 'Het gaat erom dat jij voor mama kiest, dat heb je duidelijk uitgesproken.'

Voor wie ik nu moest kiezen wist ik niet. Misschien was het wel helemaal niet waar wat mama dacht. En ook al was het wel waar, dan nog wilde ik niet dat papa er niet meer inkwam. Dan zou ik dus voor papa moeten kiezen. Ik twijfelde nog, maar toen ik bij school aankwam wist ik het zeker. Ik koos voor papa, want dan móest mama hem wel binnen laten, ze wilde natuurlijk niet in haar eentje achterblijven.

Maar tijdens de les kreeg ik spijt. Stel je voor dat papa mama echt bedroog?

De ochtend was nog maar voor de helft voorbij en ik had al tien keer mijn keus veranderd. Dat had ik wel vaker; volgens mama was ik wispelturig en dat had ik niet van haar, maar van papa.

Vlak voor de bel ging, koos ik toch nog gauw voor mama. Nu zou ik er niet meer over nadenken. Eens gekozen blijft gekozen. Ik sprak het met mezelf af.

Ik liep het kamertje van meneer Hofman in. Doordat ik zo ver van school woonde kon ik niet naar huis tussen de middag. Mama dacht eerst dat ze me van school zou moeten nemen, want alle kinderen gingen naar huis. De juffen en meesters ook. Maar meneer Hofman bood aan dat ik bij hem in het kamertje mijn brood mocht opeten. Ik wilde veel liever met Joke uit mijn klas mee, maar dat mocht niet van mama. Ze had die moeder van Joke wel eens gezien en die zag er niet uit. Mama zei dat je je niet hoefde af te vragen hoe het er daar thuis uitzag. En ik moest niet klagen want bij meneer Hofman was ik in goeie handen.

Mama vond hem een fantastische man, omdat hij zo netjes was. Maar ik vond hem saai. Hij sprak nooit tegen me, want dat hoorde niet onder het eten. En na het eten moest hij weer aan het werk. Dan ging hij achter zijn bureau zitten en dan mocht ik ook niet praten en moest ik heel stil zitten, met een boek, zodat hij niet kon merken dat ik er was.

Om kwart voor twee tikte hij even met de achterkant van zijn pen op het bureau en dan knikte hij. Dat betekende dat een van de juffen toezicht ging houden en ik naar buiten mocht. Ik verliet dan heel stil het kamertje en deed de deur geruisloos achter me dicht. Dan voelde ik me vrij, omdat ik nog een kwartier had voor de school begon. Ik stormde de school uit en rende net zo lang de straat op en neer tot mijn benen niet meer kriebelden.

Ik moest er niet aan denken dat papa er niet meer in mocht en mama een nieuwe man vond die net zo saai was als meneer Hofman. Als dat gebeurde had ik het aan mezelf te danken. Dan had ik maar niet voor mama moeten kiezen. Toen ik naar meneer Hofman keek die heel langzaam zijn brood opat, wist ik zeker dat ik de stomste keus had gemaakt die er bestond. En ik besloot die alsnog te veranderen.

Dat was het ergste, want nu was ik niet alleen wispelturig, maar ook nog eens onbetrouwbaar. En mama zei altijd dat als ik nu al onbetrouwbaar was, ik het later ook zou worden, net als papa. Het lag op de loer dat ik net zo werd, omdat ik in alles op hem leek. En dan kwam ik ook in de gevangenis, net als papa ooit.

Papa zei dat hij de boel alleen een beetje had geflest, maar volgens mama hadden ze hem niet voor niks opgepakt.

Ik had buikpijn en was misselijk. De hele dag had ik nog geen hap door mijn keel gekregen. Misschien was ik wel ziek. Mijn keuze gold niet meer. Morgen zou ik kiezen, als ik weer beter was.

Gelukkig paste mijn sleutel nog in het slot toen ik thuiskwam. Ik probeerde zo onverschillig mogelijk te doen, anders dacht mama dat ik aan haar kant stond. Maar ik wilde wel graag weten hoe het ervoor stond.

'Heb je nog iets gehoord?' vroeg ik terloops.

'Nog niet,' zei mama. 'Zodra ze iets weet word ik gebeld. Je weet hoe oma is, die kan echt haar mond niet houden.'

'Oma?' vroeg ik.

Mama knikte. 'Ja, oma heeft iets goed te maken. Ze heeft mijn hele leven verpest door me aan je vader te koppelen, dat ziet ze nu ook wel in.'

Ik dacht aan papa en oma die altijd samen onder één hoedje speelden. Aan al die keren dat ik ze achter mama's rug had zien smoezen. Aan de blikken die ze naar elkaar wierpen als mama iets raars zei. Afgelopen weekend hadden ze nog samen gekaart. Ik zag het steeds voor me, oma die zich in de Jonge Roelofsteeg schuilhield om papa te verraden. Ik dacht aan mama die oma had gevraagd zoiets te doen. De hele tijd ging door mijn hoofd wat papa deed, en mama en oma. En voor het eerst voelde ik dat ik niet kon kiezen. Voor geen van tweeën. Ik wilde niet langer bij hen horen.

6

Het liefst was ik de vakantie in Zwitserland vergeten, maar soms als ik mijn glas naar mijn mond bracht, begon mijn hand te trillen en dan werd ik er vanzelf aan herinnerd, want het trillen was in Zwitserland begonnen.

Papa wilde een bergwandeling met ons maken. We dachten dat mama niet mee zou gaan. Ze lag 's middags meestal op bed omdat de berglucht haar uitputte. Maar ze zei dat ze crazy zou worden als ze alleen in die vuile rotbunker achterbleef, daarom ging ze toch mee.

Mama keek expres naar de grond zodat ze de bergen niet kon zien, maar daardoor zag ze niet hoe we liepen. En papa wist het ook niet want die kon zich niet oriënteren. 'Het maakt niet uit hoe we lopen,' zei hij. 'Het is hier overal mooi.'

Ineens waren we verdwaald en toen moest mama wel om zich heen kijken. We zaten hoog. Volgens mama moesten we naar beneden omdat ons vakantiehuisje in een dal lag. Ze wilde omkeren toen papa ergens een sluipweggetje zag.

'Daar kun je niet door.' Mama wees naar het prikkeldraad dat over de weg liep en de doorgang versperde.

'Wat nou prikkeldraad?' zei papa. 'Daar kunnen we toch makkelijk onderdoor.'

'Niet doen,' waarschuwde mama. 'Je haalt je kleren open.'

'Een kwestie van bukken.' En papa dook overmoedig onder het prikkeldraad door. We zagen het alledrie. Papa bleef met zijn kruin aan het prikkeldraad hangen.

'Idioot!' schreeuwde mama. 'Je krijgt een bloedvergiftiging!'

Papa rukte zich los. Aan het prikkeldraad hing nog een stukje huid. Hij werd lijkbleek.

'Liggen!' zei mama. 'Voordat je flauwvalt, we hebben een ambulance nodig.'

Het bloed stroomde uit papa's hoofd.

'Jullie vader bloedt dood,' zei mama. 'En dan ga ik erachteraan want ik voel dat ik geen lucht meer krijg.'

Els en ik hielden elkaars hand vast. 'Wat staan jullie daar nou!' schreeuwde mama. 'Daar heb je een auto, houd hem aan!'

We renden naar de weg. De auto stopte gelukkig.

'Nou, zie ik er niet mooi uit?' vroeg papa toen hij met een hechting op zijn hoofd bij de eerste hulp naar buiten kwam. 'Ik heb een feestmuts. Ik trakteer op een colaatje.'

Toen ik mijn glas pakte zag ik voor het eerst dat mijn hand trilde.

Nu waren we allang thuis. Ik wilde een slok van mijn melk nemen toen mijn hand weer trilde. Ik keek naar papa, die vlak naast me zat, maar gelukkig had hij het niet gezien. Hij maakte ruzie met Els. Dat gebeurde steeds vaker als we aan tafel zaten. Eerst was er nog niks aan de hand, maar ineens maakte papa ruzie met haar, om niks.

Dan zei hij de hele avond niets tegen haar en ging hij voor de televisie zitten. Maar ik zag dat hij niet naar het scherm keek, maar luisterde of hij de deur van de badkamer al hoorde.

Papa vertelde op elke verjaardag dat Els 's avonds een vast programma had. Dan somde hij alle handelingen die ze voor het slapen gaan verrichtte achter elkaar op.

Ik kende ze ook. Om halfnegen precies was Els klaar met haar huiswerk. Dan pakte ze haar schooltas in. Daarna legde ze haar kleren voor de volgende dag klaar. Vervolgens ging ze naar de badkamer om haar tanden te poetsen en een minuut of vijf later kleedde ze zich uit.

Als papa de deur van de badkamer hoorde opengaan, ging hij op het puntje van zijn stoel zitten. Ik zag hem wachten, precies de tijd die Els nodig had. En even daarna, als Els half uitgekleed was, stond hij op.

'Ik zal maar weer de minste zijn,' en daarna liep hij de kamer uit.

Hij keek dan net zo als vroeger toen we nog in ons oude huis woonden en hij ons kamertje inkwam om welterusten te zeggen. Dan ging hij naast Els in bed liggen, dicht tegen haar aan.

Als papa zo keek, kreeg ik weer dat beklemmende gevoel van toen. Maar vroeger kon ik vanuit mijn bed zien wat er gebeurde, en nu stond ik steeds in de gang voor een dichte deur. Met het besef dat papa alleen met Els binnen was en mama niet zoals vroeger ons kamertje in zou stormen om hem weg te sturen. Misschien vond ze dat Els nu groot genoeg was om voor zichzelf op te komen.

Deze keer stond de deur gelukkig wel op een kier. Ik kon zien dat papa op het bed van Els zat. Els zei dat ze het niet zo had bedoeld, maar papa luisterde maar half en keek naar Els, die in haar onderjurk voor hem stond.

Af en toe keek hij haar aan, maar niet zoals hij naar mij keek als hij kwaad op me was. En ik had 'm ook nog nooit zo naar mama zien kijken. Als papa me op straat aanstootte omdat er een mooie vrouw aankwam, dan keek hij zo.

Was Els nu ook bang, net als toen papa naast haar in bed lag? Ik kon het niet zien, want ze stond met haar rug naar mij toe.

'Laten we het maar vergeten,' hoorde ik papa zeggen. En hij stond op en nam Els in zijn armen. Ik keek naar Els, die daar maar stond, midden in haar kamer in haar onderjurk, tegen papa aan gedrukt.

7

Ik wist niet beter dan dat we naar de v&d zouden gaan; dat deden we de laatste tijd wel vaker.

Nelleke ging dan bh's kijken. Ze zei dat ze er al bijna een nodig had. Ik zocht niet naar een bh voor mezelf. Ik keek naar de rij onderjurken die er prachtig uitzagen met kant, en die alleen moeders droegen.

Eerst keek ik er alleen maar van een afstand naar, zodat het niemand opviel. Maar al heel snel werden de onderjurken moeders die hun armen naar me uitstaken en riepen dat ik dichterbij moest komen. Dan liep ik langs de rij. Het was heel moeilijk, omdat het allemaal lieve moeders waren en ik er maar één mocht kiezen.

Elke keer als ik daar kwam mocht ik er een kiezen. Ik koos nooit dezelfde als de keer ervoor, want ik wilde ze allemaal voelen, anders zou ik nooit weten wie de liefste was. Als ik er een had uitgekozen, pakte ik de zachte, zijdeachtige stof vast en ging steeds dichter tegen de onderjurk aan staan, zodat ze me kon omarmen.

Soms schrok ik als de verkoopster me in mijn nek greep en zei dat ik er niks te zoeken had en me wegstuurde. Het was maar één verkoopster die dat deed. Ik wist hoe ze eruitzag, omdat ik er zo vaak kwam. Ook al voordat ik Nelleke kende. Soms als ik die strenge verkoopster zag staan, liep ik weg. Van de andere verkoopsters had ik nooit last. Die zagen niet wat ik deed of het kon ze niet schelen.

Ook Nelleke liet me wel eens schrikken als ik met haar naar de v&d ging, en ze plotseling voor me stond omdat ze was uitgekeken.

Toch vond ik het fijner om met z'n tweetjes te gaan, want als ik in mijn eentje het warenhuis uit kwam had ik vaak een eenzaam gevoel.

Toen we dit keer vlak bij de v&d waren, stonden er ineens twee jongens voor ons.

Nelleke bleef staan, en zei: 'We konden niet eerder.'

Ik was verbaasd, want ze had me helemaal niet verteld dat ze met jongens had afgesproken.

De blonde jongen moest Henk zijn. Dat zag ik, want Nelleke keek met een verliefde blik naar hem. Hij zag er precies zo uit als ze had beschreven. Stoer, met een vetkuif en een rood overhemd waarvan de kraag opstond. Hij droeg een strakke zwarte broek waar puntschoenen onderuit staken.

De andere jongen kende Nelleke blijkbaar niet, want Henk vertelde dat hij Karel heette.

Ik wilde dat ík Henk was, dan zou een meisje ook zo naar mij kijken.

Ik liep achter Nelleke aan de twee trappen op het vreemde huis in. De jongens liepen voor ons. In mijn eentje had ik het nooit gedurfd, maar met Nelleke leek het heel vertrouwd. Zelfs toen we Henks kamer binnengingen. Hij ging op bed zitten en zei dat wij ons moesten uitkleden. Ik vond het een beetje eng, maar Nelleke knoopte haar blouse al los. Ik wist niet precies wat de bedoeling was en keek elke keer naar Nelleke voordat ik het volgende kledingstuk uittrok. Gelukkig hield ze haar onderbroek aan.

'Nu zijn jullie,' zei ze, terwijl ze languit op bed ging liggen en mij naast zich trok.

Karel wilde zijn lange broek aanhouden, maar Henk zei dat hij niet mee had moeten gaan als hij te schijterig was om zich uit te kleden, en toen trok hij hem toch uit.

Nou gaat het gebeuren, dacht ik, maar er gebeurde niets.

Ik keek naar Nelleke en bedacht wat ik allemaal zou doen als ik Henk was. Ik stelde me voor dat ik haar zou kussen. En toen Henk zich over haar heen boog, deed ik alsof ik het was. Ik vergat dat ik naakt in een vreemd huis lag en ik kon niet wachten tot Henk zachtjes in haar kleine borsten zou knijpen en haar zou strelen. Ik hoorde de geluidjes die Nelleke erbij zou maken al in mijn hoofd. Maar ineens voelde ik Karel boven op me. Hij was heel zwaar. Ik had het gevoel alsof ik stikte. Het ergste was nog dat hij me wilde zoenen zodat ik Henk niet meer kon zien. Ik kon me niet eens meer voorstellen dat ik Henk was.

Toen hij zijn tong in mijn mond wilde doen, duwde ik Karel van me af. Hij keek me verbaasd aan; hij kon natuurlijk niet weten dat ik papa's jongen was. Ik was heus niet bang. Als hij een meisje was geweest, had ik wel met hem willen zoenen. Dan had ik alles met hem willen doen wat hij wilde.

Hij werd niet eens kwaad, maar zei dat hij het begreep. Dat was zo ongeveer het ergste wat hij had kunnen zeggen. Ik begreep het zelf niet eens. Ik wilde er ook niet over nadenken waarom het zo was. Ik wilde papa's jongen zijn.

Karel keek me aan, maar ik wilde niet dat hij zo naar me keek. Weg, dacht ik. Ik moet hier weg. En ik zocht mijn kleren bij elkaar en trok ze aan.

'Spelbreekster!' zei Nelleke.

Toen ze de volgende dag op het schoolplein over mij smoesde, was ik blij dat ik haar nooit mijn geheim over de handwerkjuf had verteld.

8

De keuken van ons nieuwe huis keek uit over de straat. Aan de overkant stonden kleine woninkjes waar bejaarden in woonden. Mama zei dat het een voordeel was dat er geen blok beton voor onze snufferd stond, maar het had ook een groot nadeel. In het huisje recht tegenover ons zat altijd een oude man voor het raam.

'Je kunt erop wachten tot die kerel vandaag of morgen dood in zijn stoel zit,' zei mama. 'Dat zal me toch niet gebeuren als ik op mijn nuchtere maag naar buiten kijk. Dan is meteen m'n hele dag verpest.'

Ik keek 's morgens altijd even naar de overkant of hij al dood was, maar als de man in zijn koffie roerde wist ik dat hij nog leefde.

Hij was een vriendelijke man. Hij zwaaide naar me als ik naar buiten kwam.

Mama werd altijd boos als ik terugzwaaide. 'Je moet niet met die man aanpappen,' zei ze dan. 'Zo meteen kan ik 'm nog verplegen als hij een beroerte heeft gekregen.'

Op de vensterbank van de man stond een vaas. Mama ergerde zich eraan omdat er nooit bloemen in zaten. 'Wie zet er nou een lege vaas voor het raam?' zei ze.

Papa zei dat het geen vaas was, maar een urn, waar zijn vrouw in zat. 'Je ziet zijn mond toch wel af en toe op en neer gaan? Dan kletst hij gezellig met zijn vrouw. Dat kun jij later met mij ook doen als ik dood ben.'

'Ach man,' zei mama. 'Ik ben allang met je uitgepraat.'

'Dan zal ik wel af en toe een liedje voor je zingen,' zei papa.

De huiskamer keek uit op een winkelplein. Onze flat zat boven de Coöperatie. Mama vond het een fantastische winkel omdat ze er van alles verkochten. En ze hoefde alleen maar de trap af en dat was lekker gemakkelijk. Meneer Kos, die de winkel runde, vond ze heel aardig. Zijn dochter werkte ook in de winkel en zijn vrouw zat soms achter de kassa. Mama snapte niet wat hij bij dat mens deed. Ze vond het net een vogelverschrikker. 'Maar meneer Kos vond dat zelf blijkbaar ook,' zei mama, 'anders zou er geen tien jaar tussen hun kinderen zitten.' Ze hadden ook nog een zoontje van vijf. Dat vond mama een aanfluiting, omdat ze zelf al tegen de veertig liepen. Kinderen moest je jong krijgen.

Mama had het al een paar keer gezegd. 'Ik overdrijf niet, maar Kos is helemaal hoteldebotel van me.'

Volgens haar had iedereen die in de winkel kwam het in de gaten. Hij kon zijn ogen niet van haar afhouden en vanochtend had hij zich van de zenuwen verrekend. Ze vond het heel vervelend voor zijn vrouw, maar ze was toch niet van plan om voor haar d'r benen uit haar gat te lopen naar een andere supermarkt.

De volgende keer toen ik met mama de supermarkt inkwam, was meneer Kos met een klant bezig. Hij liep naar achteren om iets te halen.

Mama kneep in mijn arm. 'Daar was ik al bang voor,' zei ze. 'Hij neemt de benen voor me. Ik weet wel hoe dat komt. Hij mag mij niet meer helpen. Dat wijf van 'm is stinkend jaloers. Je hoeft je niet af te vragen wat een ruzie ze om mij hebben gehad.'

Er kwamen nog meer mensen binnen. Daarom kwam mevrouw Kos van achteren. Ze sprong altijd in als het druk was.

'Je wilt me niet meer zien, hè?' zei mama terwijl ze op mevrouw Kos afstapte. 'Je hoeft echt niet bang te zijn dat ik je man inpik.'

'Pardon?' Mevrouw Kos keek haar verbaasd aan. Maar niet alleen mevrouw Kos, iedereen in de winkel keek naar mama.

'We hoeven er geen doekjes om te winden,' zei mama zo dat iedereen het kon horen. 'Het is niet mijn schuld dat je man helemaal bezeten van me is.'

'Wat denkt u wel!' Mevrouw Kos werd vuurrood. 'Mens, je bent gek.'

Nu werd mama ook kwaad. 'Rustig maar,' zei ze. 'Maar als je hem wilt houden, zou ik maar zorgen dat ik er wat beter uitzag.'

Ik was bang dat mama zou zeggen dat mevrouw Kos een vogelverschrikker leek, maar dat deed ze gelukkig niet.

'Ik zal hier maar niet meer komen,' zei mama. 'Ik lever in het vervolg wel een briefje in, dan kunnen jullie de boodschappen voor de deur zetten.' En ze liep de winkel uit.

Mevrouw Kos keek me aan. Iedereen keek me aan. Kon ik maar zeggen dat mama er niks aan kon doen. Dat ze niet naar haar moesten luisteren.

9

Ik was betrapt. De verkoopster van de V&D had de chef erbij ge-haald. Hij nam me mee naar een kamertje. Ik moest zeggen hoe ik heette en waar ik op school zat. Hij zei dat hij me nooit meer op de lingerieafdeling wilde zien en dat hij anders mijn school zou inlichten. Daarna kon ik gaan.

Toen ik door de draaideur kwam en buiten stond voelde ik me eenzaam. Misschien verlangde ik daardoor naar vroeger, naar mijn oude straat. Naar Ada en Olga en de andere kinde-ren.

Even ging door me heen wat ik mama had beloofd, maar ik duwde het meteen weg. Alsof mama zich aan haar afspraak om beter te worden had gehouden!

Ik stapte op mijn fiets en reed de De Clercqstraat in. Dat was niks bijzonders, want dat deed ik elke dag. Het begon pas spannend te worden toen ik daar niet rechtdoor ging, maar de Willem de Zwijgerlaan insloeg. Ik had dat stuk nooit gefietst, maar altijd gelopen. Daarom zette ik mijn fiets op de hoek neer.

Ik kende elke boom waar ik langskwam, elk portiek en elke winkel, maar het zag er toch anders uit dan eerst. Het was niet meer van mij.

Ik liep langs de schoenmaker in de Maartenharpertszoon Trompstraat, waar ik altijd mijn tollen kocht en die ook de veter aan mijn zweep vastmaakte omdat mama daar kierewiet van werd. Hazewinkel heetten ze, en ze hadden twee dochtertjes, die bij mij op school zaten. Ze waren heel klein voor hun leeftijd. Mama dacht dat ze niet veel groter zouden worden, omdat meneer en mevrouw Hazewinkel net dwergen leken.

Ze bracht daar altijd onze schoenen. Maar als ze papa's schoenen moest brengen schaamde ze zich dood, omdat die naar zweet stonken. Ze liet ze dan eerst een nacht buiten staan, maar dan nog rook haar hele tas ernaar.

Ik zag de groentewinkel op de hoek, waar we nooit iets mochten halen omdat hij rotzooi verkocht.

Ik durfde niet gewoon de straat in te gaan, omdat het mijn straat niet meer was, maar vooral omdat ik nooit meer iets van me had laten horen.

Ik bleef op de hoek staan en gluurde de straat in. Een paar huizen van de hoek woonde Annie Bouwman, die me altijd een klap gaf als ik langsliep. Gelukkig stond ze er nu niet. Voorbij de inham zag ik iemand, ik dacht dat het Ada was. Ik liep een eindje de straat in om het beter te kunnen zien. Het was Ada, en toen ik nog een stukje doorliep zag ik Olga ook en de anderen.

Ik rende van portiek naar portiek, tot ik steeds dichterbij kwam. Ik was niet van plan verder te gaan dan de inham. Ze mochten me niet zien, ik wilde alleen voelen hoe het ook alweer was.

Ik keek naar ons oude huis. Het balkon waar papa's atelier vroeger achter zat. Het raam van ons kamertje.

'Kijk nou eens wie we daar hebben!' riep de moeder van Kitty, terwijl ze uit het raam hing.

Nu kon ik niet meer terug. Iedereen draaide zich om. Ik dacht dat ze kwaad op me zouden zijn, maar ze kwamen allemaal naar me toe.

Even leek het net of ik er nog woonde.

Ada vertelde dat ze op de huishoudschool zat. Jantje zat op de ambachtsschool, maar dat wist ik nog.

'En Olga wordt professor,' zeiden ze. 'Die gaat naar de ULO.'

De juf vond dat ik naar het lyceum kon, maar dat durfde ik niet te vertellen. Ik wilde ook niet over ons vakantiehuisje in Zwitserland vertellen, waar we niet durfden te slapen omdat mama zich er niet prettig voelde en telkens zei dat ze kon ruiken dat daarbinnen heel erge dingen waren gebeurd. Ik vertelde ook niet dat we in het nieuwe huis een douche hadden en centrale verwarming en dat Els en ik een eigen kamer hadden. En dat Els 's nachts bang was in haar eentje en op de muur klopte of ze bij mij mocht liggen. En dat mijn kamer met een glazen schuifdeur die niet goed sloot, aan de huiskamer vastzat. Want dan had ik ook moeten vertellen dat papa en mama in de huiskamer sliepen, en dat ik ze elke zondagnacht hoorde. En dat ik wel wist wat ze dan deden en mijn hoofd onder mijn kussen verstopte. Tot de kamerdeur open werd gerukt en mama de badkamer invloog. Daar hing een apparaat met een slang eraan. Ik mocht niet weten waar het voor was, maar Els wel omdat zij al ongesteld was. Mama had haar verteld dat ze daar de zaadjes mee wegspoelde. Dat ze er niet vlug genoeg bij kon zijn. In haar haast stootte ze zich en dan hoorde ik haar vloeken en vaak viel er ook nog iets om. Mama had Els ook verteld dat als je een goed huwelijk had, je het minstens drie keer per week deed.

Maar als ik op zondagnacht wakker werd was ik altijd blij dat papa en mama geen goed huwelijk hadden.

'Kom je mee?' vroeg Olga.

En onder in het trapportaal kreeg ik nog meer nieuwtjes te horen. Dat de zus van Kitty moest trouwen. En dat Olga had gezoend met een jongen achter uit de straat. Dat hij een vriend had die Hans heette en dat Ada hem leuk vond. Dat hij Ada ook leuk vond en dat ze zaterdags naar het Amsterdamse Bos zouden gaan om 'je weet wel wat' te doen.

'Je moet je adres geven,' zei Ada ineens. 'Dan komen we een keer bij je langs.'

Ik knikte, want ik vond het ook fijn om hen weer te zien. In mijn hoofd hoorde ik mama. Maar het kon me niet meer schelen wat ze ervan vond. Ik had er al genoeg spijt van gehad dat ik iedereen voor haar had laten stikken.

Olga liep de trap op en kwam naar beneden met pen en papier.

'Zeg dan?' zei ze, en ze schreef eerst mijn naam op.

Terwijl ik naar Olga keek, die al klaar zat om het adres op te schrijven, werd ik ineens toch bang. Ik hoorde mezelf een vals adres zeggen.

Toen ik even later de straat uit liep, wist ik dat ik er nu nooit meer langs kon gaan.

10

'Jij mag kiezen wat we vanavond eten,' zei mama toen Els een paar jaar geleden ongesteld werd. 'Nou kun je kinderen krijgen. Want dat is helemaal niet zo vanzelfsprekend. Niet iedereen kan kinderen krijgen. Reken maar dat het erg is als dat je overkomt. Je kunt het zien aan dat stel van driehoog. Je leest het zo van haar gezicht af, dat verdriet. En dan heeft zij nog geluk gehad dat haar man bij d'r is gebleven. Vaak gaan ze nog van je af ook. Dan nemen ze een ander. Besef je nou wat een geluk je hebt? Dit betekent dat alles vanbinnen werkt.' Mama keek Els bezorgd aan. 'Heb je buikpijn?'

'Een beetje,' zei Els.

Mama waarschuwde Els dat ze niet raar moest staan te kijken als ze bij de eerstvolgende menstruatie in haar bed zou liggen kronkelen van de pijn. Als ze vroeger zelf ongesteld werd moest ze met een kruik haar bed in en af en toe was het zo erg dat ze dacht dat ze doodging. Mama vertelde dat haar menstruatie pas draaglijk was geworden nadat ze voor de eerste keer bevallen was. Ze dacht dat ik er geen last van zou krijgen omdat ik in alles op papa leek. Maar Els liep het grote risico dat het bij haar ook zo'n lijdensweg zou worden, want Els had wel meer dingen waar mama zelf ook tureluurs van werd. Harde ontlasting bijvoorbeeld, mama kon ontbijtkoek eten zoveel als ze wilde, maar het hielp niets. En Els was ook een perfectionist, net als mama, en daar zat je jezelf alleen maar mee in de weg. En Els had ook een gevoelige huid.

Ze zou het nog wel merken, een crime waren die menstruaties en dat elke maand opnieuw. En een maand was zo om.

Uiteindelijk aten we bloemkool. Els wilde niet meer kiezen. Ze had nergens meer trek in. En ze bleef ook niet langer op dan normaal. Ze had de volgende dag een proefwerk en was bang dat ze anders te moe was. Dat zei ze tenminste, maar de waarheid was dat Els er niks aan vond om lang op te blijven met papa en mama.

's Avonds was papa moe van het staan en dan deed hij zijn schoenen uit en dan rook de hele kamer naar zweet. Mama vond dat hij zijn vuile stinkpoten moest wassen, maar papa zei dat ze niet moest zeuren op de dag dat zijn oudste dochter een groot meisje was geworden.

Het was dan wel geen feest, maar papa en mama keken wel de hele tijd trots naar Els. Daarom wilde ik ook ongesteld worden.

Eindelijk was het zover. Ik zag het 's middags toen ik ging plassen. Dit moest de venijnige donkerbruine drab zijn die mama er in de was bijna niet uit kreeg en die ik niet mocht aanraken, omdat het geen bloed was, maar afval dat je lichaam afstootte en dat vol bacteriën zat.

Ik vertelde het meteen aan mama. 'Ik ben ongesteld geworden,' zei ik trots.

'Laat zien.' Ik deed mijn broek omlaag. Het was toch niet zo gemakkelijk te herkennen als ik had gedacht, want het duurde een hele tijd voordat mama de diagnose had gesteld. 'Ja, inderdaad, je bent een groot meisje.' Maar ze keek er niet trots bij zoals bij Els, maar geschrokken.

'Wanneer zag je het voor het eerst?'

'Net,' zei ik. 'Ik moest een plas.'

'Weet je zeker dat er vanochtend nog geen bruine smurrie in je broek zat?'

Ik zei dat ik voor ik naar school ging ook een plas had gedaan maar dat ik toen nog niks bijzonders had gezien.

'Dat mag ik hopen,' zei mama. 'Vanochtend heb ik je nog
betrapt met je mond aan de melkfles. Hoe vaak moet ik nou
nog zeggen dat ik dat niet wil hebben en helemaal niet als je
ongesteld bent. Dan nestelen zich bacillen in je mond die alles
bederven.'

Hoe moest je portemonnee ook alweer schrijven? Ik spelde
het in mijn hoofd. Toen ik klaar was, was mama uitgeraasd.

'Laten we maar geen risico nemen en die melk weggooien.'
Ze deed de koelkast open. Mama's ogen gleden over de spullen. 'Denk eens goed na, heb je nog ergens anders aan gezeten
ook? De kaas? De boter, de worst?'

'Nee,' zei ik.

'Ook niet uit de fles Seven-up gedronken? Ik heb liever dat
je het eerlijk zegt dan dat we hier vandaag of morgen allemaal
doodziek op bed liggen.'

'Ik zeg toch dat ik nergens heb aan gezeten,' zei ik.

Mama keek me aan. 'Ik weet het niet met jou, jij bent net je
vader. Die kan ook liegen alsof het gedrukt staat.' En ze haalde
alles uit de koelkast en smeet het weg. Ik kreeg een gordeltje
om waar een verband in moest.

Ik haalde een afgekloven zakje zwart-op-wit uit mijn zak.
Het zou heus nog wel smaken, ook al had ik er vanochtend aan
gelikt. Ik had het bijna in mijn mond toen ik toch maar naar de
vuilnisbak liep en het weggooide. Even bleef ik staan en toen
gaf ik een trap tegen de vuilnisbak.

'Ik ben ongesteld!' zei ik tegen papa toen hij 's avonds thuiskwam. Bijna niemand kon dat met zijn vader bespreken, maar
wij konden dat wel. Papa werkte altijd met vrouwen. Voor hem
was het de normaalste zaak van de wereld. Hij kocht ook
maandverband, dat was heel bijzonder. Want als ik maandverband voor mama moest halen en er kwam een man binnen,
hielp de drogist altijd eerst de man. Er liep ook nooit iemand

met een pak maandverband over straat. De vrouw van de drogist wikkelde het pak verband altijd in bruin papier zodat het net leek of er schoenen in zaten.

'Jij ongesteld?' zei papa. 'Mag ik even lachen.'

'Nou, zo leuk is het niet,' zei mama. 'Ze heeft vanochtend nog met haar mond aan de melkfles gezeten. Ik heb de hele bliksemse boel weg moeten gooien.'

Papa keek me aan. 'Dus het is echt waar?'

Ik knikte trots.

'Nou breekt mijn klomp,' zei papa. 'Je bent dus toch een meid. Je hebt me al die tijd in de maling genomen! Als je dan toch een meisje bent, wordt het tijd dat je je eens als een meisje gaat gedragen. Vind je dat zelf ook niet?'

Ik wilde roepen dat papa een verrader was. Maar hij lachte en ik wist dat papa nog veel harder kon lachen en dat het dan allemaal nog erger werd.

Ik keek naar papa en toen naar mama en ineens wist ik dat Els niet bij papa hoorde en ik niet bij mama. Els en ik waren bondgenoten. Dat besef maakte me in de war, want dat ik beter niet naar mama kon luisteren wist ik al, maar nu kon ik ook niet meer naar papa luisteren. Alleen nog naar Els.

II

Els zat op de MMS. Een onderafdeling van het Gemeentelijk Lyceum voor Meisjes. GLVM, zei Els trots. Het stond op de Reinier Vinkeleskade in Amsterdam-Zuid. Papa zei dat daar alleen tandartsen en advocaten en dokters woonden. Hij was blij dat Els daarop zat, dan was er tenminste nog één die de goeie naam van de familie hooghield. Als Els maar niet van verbeelding naast haar schoenen ging lopen.

Papa vond het echt een school voor Els. Omdat ze op en top een meisje was. In tegenstelling tot mij. Hij zei altijd dat de school waar ik thuishoorde nog uitgevonden moest worden.

Papa vond wel dat Els was veranderd sinds ze op de MMS zat. Ze zei geen Sunlicht meer maar Sunlight-zeep en ook geen Palmolieve, maar Palmolive. In het begin deed papa net of hij niet begreep waar ze het over had.

Els wilde ook dat we net als de meisjes bij wie ze thuiskwam, met vork en mes aten.

'Wij hebben geen mes nodig,' zei mama. 'Alleen een vork. Ik snijd het vlees altijd van tevoren en de groenten kook ik zo zacht, dat je er amper op hoeft te kauwen.'

Papa vond het ook flauwekul, maar voor Els had hij het wel over. Als hij zijn aardappels maar mocht blijven prakken. Hij plaagde Els er wel mee. 'Mag ik nog wel zo aan tafel? Als ik mijn smoking aan moet trekken, dan zeg je het maar.' En dan stootte hij mij aan. 'Jij gaat later toch niet zo raar doen, hè?'

Hij nam Els wel vaker in de maling. Dan deed hij of hij de chauffeur was die Els naar school moest brengen. Net als een meisje dat bij Els in de klas zat en die echt elke morgen door de chauffeur van haar vader naar school werd gebracht. Ik zag wel dat Els die grapjes niet leuk vond, maar ze ging er niet op in. Ze was heel gelukkig op haar school. Ze haalde hoge cijfers en ze was geliefd, ook bij haar klasgenoten. Als er een klassenvertegenwoordigster gekozen moest worden, kozen ze Els.

Elke dag trok Els iets anders aan, want dat deden alle meisjes uit haar klas. 's Morgens stond ze wel een halfuur voor de spiegel. Dan toupeerde ze haar haar, stak het op en spoot er lak in. Ze had ook een poncho voor als het regende, want op de school van Els mocht je niet als een verzopen kat aankomen. Als ze thuiskwam trok ze meteen een oude broek aan, zodat haar kleren langer mooi bleven. Els sprak altijd vol bewondering over haar leraren die zoveel wisten. En dan zei papa dat ze niet tegen die lui hoefde op te kijken omdat ze op zijn kosten hadden gestudeerd en net als ieder ander hun drol draaiden op de wc.

Papa keek Els altijd lachend na als ze samen met haar vriendin op keurige hakjes en met opgestoken haar naar een schoolfeest ging.

'Dat zou niks voor jou zijn,' zei hij dan. 'Jij ging nog liever op je kaplaarzen en in je overall.' En dan hoorde ik de trots in zijn stem.

Maar dat was allemaal voor ik ongesteld was geworden. Nu ik een meisje bleek te zijn, was alles veranderd en besloot papa ineens dat ik ook naar het GLVM moest.

'Het is goed voor je,' zei hij. 'Jij gedraagt je veel te jongensachtig. Heb je wel eens gezien hoe je loopt? Een bootwerker is er niks bij vergeleken. En de taal die je uitslaat is veel te grof voor een meisje. Je zou ook wel eens wat meer aandacht aan je uiterlijk kunnen besteden. Als je naar die meisjesschool gaat, verandert dat allemaal vanzelf.'

'Ik wil niet op een meidenschool!' zei ik. 'Wat moet ik tussen al die meiden?'

'Wat zeur je nou,' zei papa. 'Je bent zelf toch ook een meid, of niet soms?'

Ik wist het niet. Ik wist niet meer wat ik was. Ik keek in paniek naar Els, die hardop door de gang een hoofdstuk uit haar geschiedenisboek liep op te dreunen. Els leerde altijd hardop. Mama zei dat het hele huis kon instorten en dat Els dan nog doorging met leren. Dat was volgens haar het bewijs dat Els keihard was. Een aartsegoïst noemde mama Els.

Het kwam door Els dat ik het besefte. Els had alle beschuldigingen van mama overleefd. Alle uitbarstingen. Zelfs de vakantie naar Zwitserland had ze overleefd. Ik bedacht hoe knap dat was. Maar niet alleen Els, ook ik had het allemaal overleefd. En toen wist ik hoe bijzonder we waren.

Twee

I

Els had het voortdurend over mevrouw Van Zelst. En toen ik haar vroeg of ze haar soms lief vond, werd ze rood. Misschien droomde ze wel dat haar lerares Nederlands haar moeder was, zoals ik bij de handwerkjuf deed. Maar wat mij betrof zou het niet bij dromen blijven.

Els had gezegd dat ik me niks van papa moest aantrekken. Eigenlijk had mama dat moeten zeggen. Maar mama zei er niets van. Ze deed alsof het haar helemaal niet aanging toen hij opeens wilde dat ik me als een meisje gedroeg. Daarom had ik besloten een nieuwe moeder voor ons te zoeken. Ik wilde het Els pas vertellen als ik er een had gevonden, want de handwerkjuf viel af. Ze woonde zelf nog bij haar ouders. Ik wist van Els dat mevrouw Van Zelst een groot huis had waar ze helemaal alleen in woonde.

Papa had mevrouw Van Zelst ook ontmoet, op een ouderavond. Eerst wilde hij er niet heen gaan omdat hij geen zin had om met die totebellen te praten. En hij vond het ook niet nodig omdat Els een mooi rapport had. Maar Els wilde per se dat hij zich voorstelde aan haar klassendocent omdat alle ouders dat deden.

Toen papa thuiskwam wilde Els precies weten wat ze allemaal over haar had gezegd. Maar papa had er geen woord van verstaan omdat ze zo bekakt sprak. Hij zei dat hij wel kon zien dat ze een schoolfrik was, omdat ze met haar haren in de inktpot had gehangen.

'Nee, hè!' riep mama. 'Ze heeft toch geen blauw haar? Dan kan ze wel vast een pruik aanschaffen. Die verf bijt in je hoofdhuid en dringt helemaal door tot je wortels. Ze zal het wel merken, over een poosje is ze kaal. Let op mijn woorden.'

Els schrok omdat ze het blauwe haar juist zo mooi vond. Ik wist het niet omdat ik haar nog nooit had gezien. Maar dat zou binnenkort gebeuren.

Eerst vond ik het vreselijk dat ik naar die meidenschool moest, maar nu wilde ik er wel naartoe. Ik hoopte dat ik mevrouw Van Zelst ook lief vond, dan werd zij onze nieuwe moeder en gingen Els en ik bij haar wonen.

2

Ze hing met haar hoofd boven het trapgat, terwijl de meisjes omhoogliepen.

'Willen jullie doorlopen!' galmde ze vanaf de eerste verdieping.

De meeste eersteklassers schrokken, maar ik niet. Ik had het idee dat ik de rectrix allang kende uit de verhalen van Els. Ik wist ook dat de conrector een lange, magere man was, die heel zachtaardig was en meneer Van de Raad heette. Maar als juffrouw Bont kwaad op hem was, heette hij gewoon Van de Raad.

Ik was niet van plan me zoals meneer Van de Raad in het bijzijn van iedereen af te laten blaffen. Vanaf het begin moest ik laten zien dat ik niet bang voor haar was. Daarom liep ik onverstoord door. De meisjes uit mijn klas vlogen op hun keurige schoentjes langs me.

Toen ik op de eerste verdieping kwam plukte ze me uit de rij. 'Jij bent de zus van Els. Jouw zus heeft hier een grote naam verworven. Zorg ervoor dat je die hooghoudt.'

Ik keek haar aan. Ze had zogenaamd zoveel gestudeerd. Nederlands en geschiedenis. Toch al zo overdreven. Maar even verder kijken dan haar neus lang was, was er niet bij. Ik keek haar expres recht in de ogen. Dan zou je toch denken dat ze wel kon zien dat ik net zo bijzonder was als Els. Nee, hoor.

'Nou?' vroeg ze kalm. 'Denk je dat het je gaat lukken?'

'Zeker, mevrouw,' zei ik. 'Hand erop.' En ik pakte haar hand en schudde die.

Ze was zo verbaasd dat ze niets zei toen ik doorliep.

Tijdens de eerste les Frans had ik niet veel zin om op te letten. Op de lagere school had ik al twee jaar Frans gehad. Twee keer in de week, op dinsdag- en vrijdagmiddag, na schooltijd. Elke keer had ik me er met moeite heen gesleept. Ik deed het omdat mama het zo graag wilde.

'Weet je wel dat ik er heel wat voor over had gehad om mijn talen te mogen leren?' zei ze als ik klaagde. 'Maar dat was er vroeger voor mij niet bij. Ik moest geld verdienen van oma.'

'Dan kun je het nu toch nog doen?' vroeg ik.

'Met mijn medicijnen? Nee, kind, dat gaat niet. Het is voorgoed afgelopen. Al zou ik het nog zo graag willen, ik kan niks meer. Helemaal niks.'

'Dat valt wel mee,' zei papa dan. 'Zeuren gaat je nog goed af.'

Mama zei dat ze alle hoop op mij had gevestigd. Daarom was ik braaf naar de Franse les gegaan.

Ik dacht na over de woorden van juffrouw Bont. Eén ding stond vast: van mij zouden ze ook verbaasd staan. Maar niet door hoge cijfers te halen zoals Els. Dat paste niet bij mij. Ik keek naar de meisjes van mijn klas, die aandachtig luisterden. Het was gewoon een herhaling van wat we allang hadden gehad. Mevrouw Pauw zei dat het niet anders kon, omdat er ook leerlingen waren die nog nooit Frans hadden gehad en die zouden het anders niet kunnen volgen. Ze beloofde dat we over anderhalve maand alles hadden ingelopen.

Anderhalve maand! Daar hadden wij ons twee jaar voor uitgesloofd. Maar aan de andere kant was het wel gemakkelijk want de eerste zes weken hoefde ik dus niet op te letten.

Iedereen had zijn aandacht bij de les. Nu nog wel, maar dat

zou niet lang duren. Als ze eenmaal doorhadden wie ik was, konden de docenten het wel vergeten.

'En?' zouden de ouders van mijn klasgenoten vragen als ze thuiskwamen. 'Hoe is het gegaan vandaag?'

En dan zouden ze over mij vertellen, wat ik die dag weer had gedurfd. Elke morgen als ze naar school gingen zouden ze benieuwd zijn wat ik weer ging uithalen. Overal zouden ze het vertellen, ook aan hun vrienden.

Voor de docenten zou er ook een andere tijd aanbreken. Niet langer de hoogste status voor degenen met de hoogste graad, maar voor hen die mij in de klas hadden.

Toen de bel ging liep iedereen de trap af. We kwamen van de bovenste verdieping. Een etage lager zag ik juffrouw Bont boven het trapgat hangen om te controleren of alles vlekkeloos verliep. Ze zag er net zo onzinnig uit als een stoplicht op een landweggetje. Niemand duwde. In een keurige rij gingen ze naar boven en beneden.

Ik keek naar de leuning die in een bocht omlaag liep, helemaal tot de begane grond.

Ik boog eroverheen, ging op mijn buik liggen en roetsjte naar beneden. Bij de bocht kreeg ik minder vaart. Even dacht ik dat ik zou blijven steken, maar toen ik eenmaal het rechte stuk had bereikt, roetsjte ik door. Rakelings langs juffrouw Bont.

Het duurde even voor het tot haar doordrong. 'Jij daar!' schreeuwde ze. 'Kom onmiddellijk hier!'

'En nou nog een keer de trap af,' zei ze toen ik boven was. 'En dan zoals het hoort.' Ze schudde haar hoofd. 'Wil je geloven dat ik zoiets hier nog nooit heb meegemaakt.'

Wacht maar af, dacht ik. Dit is nog maar het begin.

3

Ik had al iemand met wie ik omging. Ankie heette ze. Ze was fan van Ajax en botste tegen iedereen op. Ze was een jaar ouder en kwam van het Spinoza-Lyceum. Vreselijk vond ze het dat ze nu op een meisjesschool zat. Ze zei dat ze ervoor ging zorgen dat ze er voor de kerst nog werd afgetrapt. Dat sprak me wel aan.

Monique leek me ook leuk. Ze viel op omdat ze stoer was. Maar ze had al een beste vriendin van de lagere school overgehouden. Ik had geen zin om op de tweede plaats te komen, dus koos ik voor Ankie.

In de pauze zouden we samen een shaggie roken. Ankie had een machientje bij zich waarmee ze de sigaretten kon rollen. Iedereen keek vol bewondering toe. Toen ze klaar was, gaf ze het machientje aan mij.

'Niet nodig,' zei ik. En ik nam een pluk shag, stopte het in een vloeitje en rolde het behendig tussen mijn vingers. Dat had ik van mijn opa geleerd, die al zijn hele leven zware shag rookte. Dat vond mama altijd zo erg omdat het in de gordijnen trok. Ze zei dat zware shag veel langer bleef hangen dan gewone sigarettenrook. Als opa en oma kwamen kaarten, zette ze Airwick op tafel omdat ze ook in de huiskamer moest slapen.

Maar papa vond dat spul nog veel erger stinken dan shag. Oma ook, daarom deden ze het flesje gauw dicht als mama niet keek.

Ik hield mijn sigaret zo dat iedereen kon zien hoe vakkundig hij eruitzag. Met een puntje aan het begin alsof er een filter aan zat. Ze dachten dat ik een volleerd roker was, maar het was de eerste keer dat ik er een opstak.

Een eindje verderop zag ik Els. Om haar heen stond de halve klas. Dat was meestal zo in de pauze, dan legde ze iets uit. Haar vriendinnen stootten haar aan toen ze mij zagen roken. Ik zwaaide naar Els met de sigaret in mijn mond.

Dat had ik beter niet kunnen doen. Els had gisteravond al gezegd dat ze zich voor me schaamde, omdat ik me niet netjes gedroeg. Ik dacht dat ze het alleen maar zei omdat het hoorde voor een oudere zus, dat ze stiekem toch trots op me was. Maar Els was er helemaal niet trots op dat ik een sigaret in mijn mond had. Met een rood hoofd draaide ze zich om en liep weg.

'Kijk uit!' riepen er een paar toen er een leraar aan kwam lopen. Ankie stopte de sigaret gauw achter haar rug, maar ik nam een trekje en blies het heel rustig uit.

Iedereen hield zijn adem in, maar de leraar had niks in de gaten en liep gewoon langs.

Ik zag de rectrix al een poosje door het raam in de deur de klas inkijken. Maar dat betekende nog niet dat ze binnenkwam. Vaak liep ze gewoon weer door. Pas als er geklopt werd kwam ze binnen. Dat wist ik van Els.

Nu werd er geklopt. Ik wilde opstaan om de deur open te doen maar toen bedacht ik dat het niet hoefde. Alleen als ze wegging moest degene die het dichtst bij de deur zat hem openhouden.

Ik weet niet hoe het kwam, misschien omdat Els er ooit iets over had verteld, maar ik keek meteen naar haar benen. En toen zag ik dat ze steunkousen droeg. Dat betekende dat ze spataderen had, net als mama, maar dan erger. Dit was nou wat mama haar voorland noemde en waar ze altijd bang voor was geweest. Juffrouw Bont droeg niet alleen steunkousen, ik zag dat haar benen waren ingezwachteld.

'Als het zover komt dat ik steunkousen moet dragen,' zei mama altijd, 'dan kun je me net zo goed op laten bergen, want dan ga ik geen deur meer uit. Ik ben niet van plan me verminkt in het openbaar te vertonen.'

'Jammer,' zei papa dan. 'Ik had al gehoopt dat je dan in de Kalverstraat zou gaan zitten met een centenbakkie voor je neus. Dat zou nog heel wat opleveren.'

Mama had altijd alles gedaan om geen steunkousen te hoeven dragen. Ze ging niet naar winkels waar ze te lang moest wachten, want als je iets moest voorkomen, was het staan. Zelfs als de brug openstond liep ze heen en weer te draven. En ze vermeed het openbaar vervoer zoveel mogelijk omdat ze er niet zeker van kon zijn of ze een zitplaats zou krijgen.

En juffrouw Bont had gewoon een baan. Die stond daar, voor de klas van het meisjeslyceum, elke dag opnieuw, met haar steunkousen aan.

Ik hing over mijn tafel om het beter te kunnen zien. Wat een sterke vrouw was dit. En ze woonde nog alleen ook. Elke morgen als ze wakker werd moest ze weer haar benen inzwachtelen. Ik vroeg me af waar die zwachtels 's nachts lagen. Naast haar bed? Of hingen ze net als mama's kleren over de stoel? En wat als ze iets aan haar hand had? Een kleine kneuzing was al genoeg en dan lukte het niet meer om die verbanden aan te brengen. Dan kon ze niet naar school. Maar ze was er altijd. Ze woonde vlak bij onze school, aan de achterkant. En dan liep ze elke morgen naar de Reinier Vinkeleskade, met haar steunkousen aan. L.C. Bont stond er onder haar brieven. Louise heette ze. Ik herhaalde het een paar keer in mijn hoofd. Louise. Die naam paste bij een sterke vrouw. Mama heette Jopie.

'Neem allemaal jullie agenda voor je,' zei juffrouw Bont. 'Er is een kleine verandering in het rooster. In plaats van Nederlands van mevrouw Van Zelst krijgen jullie les van meneer Vreeken.'

Een kleine verandering noemde ze dat. Ik was speciaal voor mevrouw Van Zelst naar deze school gekomen! Ik was verbluft. Zo verbluft dat ik vergat de deur voor juffrouw Bont open te houden.

'De deur!' siste de halve klas. En ik werd van alle kanten geduwd. Juffrouw Bont bleef demonstratief staan. Wat een onzin, dacht ik toen ik opstond. Je kunt die deur toch wel zelf opendoen. Staan is niet goed voor spataderen. Ze gaf me een knikje.

Ik zag haar weglopen door de lange marmeren gang, met haar steunkousen aan.

Grandioos, dacht ik.

4

De hele ochtend keek ik naar de deur of juffrouw Bont binnen-kwam om te zeggen dat ze zich had vergist, en dat we toch les van mevrouw Van Zelst zouden krijgen.

In de pauze keek ik de lerarenkamer in. Een groepje docenten zat rond de tafel. Mevrouw Van Zelst zat er ook bij. Gelukkig, dacht ik, het komt goed. Het komt allemaal goed. Mevrouw Van Zelst had de verandering nog maar net door gekregen of ze had al een spoedvergadering belegd. In mijn hoofd hoorde ik het haar zeggen. Louise, jij kunt goochelen met het rooster wat je wilt, maar de zus van Els wil ik per se in de klas hebben. Dan gooi je de boel maar weer een beetje om. Ik kan toch niet alleen Els in huis nemen. Het zijn zussen, hoor!

Ze zou het erdoor krijgen. Ik wist dat je daar sterk voor moest zijn en dat was ze. Anders had ze geen blauw haar, want reken maar dat ze daar commentaar op had gekregen.

Maar ook na de pauze kwam juffrouw Bont niet in de klas. Ik raakte ervan in de war, omdat Els nu alleen bij mevrouw Van Zelst zou gaan wonen en ik voor mezelf een moeder moest zoeken. Maar toen bedacht ik dat Els en ik voor altijd bij elkaar hoorden, ook al woonden we elk aan een andere kant van de wereld. Alleen was ik dan wel voor niks naar deze school gegaan en daar had ik flink de pest over in.

Als we nog gymnastiek hadden gehad, had ik me nog kunnen afreageren. Maar dat zul je altijd zien, we hadden aardrijkskunde, het vak dat ik haatte. Dat kwam omdat ik er niks van kon. Ik kon me niet oriënteren. Ik werd al duizelig als iemand de wereldbol te voorschijn haalde. En ik hoefde er niet op te rekenen dat het beter werd, want papa had vroeger een halve punt voor aardrijkskunde op zijn rapport. Hij beweerde altijd dat hij de plaatsen niet uit zijn hoofd kon leren. Als de leraar een willekeurige plaats opnoemde en vroeg welke voetbalclub daarbij hoorde, wist hij het feilloos. Maar de plaatsen aanwijzen kon hij niet.

'Het is nergens voor nodig dat je die plaatsen kunt vinden,' zei papa. 'Als je het voetbalveld maar kunt vinden en de cafés en de mooie vrouwen, dan kom je er wel.'

Ik besloot niet mee te doen met de les. Maar juffrouw Berends wilde per se dat ik mijn boek voor me nam.

'Anders kan ik niet lesgeven,' zei ze.

Zulke onzin had ik nog nooit gehoord. Als ík mijn boek niet mee had, dan kon zíj niet lesgeven. Wat leerden ze daar nou op die universiteit? Ik zag wel hoe hopeloos ze was, maar ik was niet van plan om aan die flauwekul toe te geven. Zo meteen kon ze geen les geven als ik mijn tanden niet had gepoetst, of weet ik veel wat ze nog allemaal zou verzinnen.

'Moet ik nog lang wachten?' vroeg ze. 'Ik begin niet eerder dan dat jij je boek voor je hebt.'

Aha, het werd steeds gekker. Nou durfde ze al niet eens te beginnen. Ik wist wel waarom ze wilde dat ik mijn boek pakte. Als de rectrix naar binnen keek, moest het net lijken of iedereen keurig meedeed. Dan was zij zogenaamd een goede lerares. Anders zou juffrouw Bont haar op het matje roepen. 'Hoe kan dat, Berends?' zou ze vragen. 'Hoe kan het dat de zus van Els niet meedoet?'

En dan stond ze daar, met haar mond vol tanden. Het kwam er dus eigenlijk op neer dat ze bang voor mij was. Dat was nou weer typisch iets voor leraren. Die dachten dat ze alles in de hand hadden. Maar als er iets onverwachts op hun pad kwam, werden ze bang. Ik vond het wel zielig maar ik was toch niet van plan toe te geven.

'Dit is je laatste kans,' zei ze.

Iedereen keek me aan. Ze dachten zeker dat ik mijn boek nu gauw uit mijn tas zou halen. Als ik haar daarmee had geholpen, had ik het nog wel gedaan, maar ze moest eraan wennen. Ze moest ermee leren omgaan dat ze mij in de klas had, anders werd het niks.

Ja, dacht ik toen ik haar zo hulpeloos zag staan. Nou heb je spijt dat je de strijd bent aangegaan. Ze had beter kunnen doen alsof ze niks had gezien. Maar ze kon nu ook niet meer terug want dat was gezichtsverlies. Dat dacht ze tenminste, want wat ze nu deed was veel erger. Ze liep naar de deur en hield 'm open.

'Ga maar naar de gang.'

Ik liep rustig de klas uit. Wat een afgang, ik hoefde me niet eens te melden. Het was voor iedereen duidelijk. Ze durfde de zus van Els niet naar juffrouw Bont te sturen.

5

Het kwam doordat we in de klas een lesje moesten maken. Ik was er natuurlijk zo mee klaar. Dat mocht ook wel na die twee jaar Frans...

Toen ik opkeek knipoogde mevrouw Pauw naar me. Ik lachte terug en daarna verstopte ik mijn gezicht gauw achter mijn boek. Niemand hoefde te zien dat ik bloosde. Het was iets tussen mevrouw Pauw en mij.

Ik durfde net weer op te kijken toen ik haar stem hoorde. 'Leggen jullie allemaal je pen maar neer.'

Voorzichtig keek ik haar kant op. Mevrouw Pauw lachte naar me. Ze had dus al die tijd naar mij gekeken. Ook toen ze dat van die pennen zei. Ik had me niet vergist, het was zeker. Helemaal zeker. Er ging een heel nieuwe periode voor mij beginnen.

6

Alex woonde boven ons en was iets ouder dan ik. Hij hield van popmuziek. Dat wist ik omdat zijn kamer boven de mijne lag en ik 's avonds zijn muziek kon horen.

Hij ging met Bram om, die in het volgende blok woonde. Mama zei dat het kwam omdat Bram ook joods was. Joden klitten altijd bij elkaar. De moeder van Bram liep ook de deur plat bij éénhoog. Het leek net een jodenkerk als die twee bij elkaar waren.

Tot nu toe hadden Alex en ik elkaar alleen maar gedag gezegd. Volgens Katrien, die een paar huizen verderop woonde, lag in de berging van Alex een matras op de grond. Dat wist ze van Vera. Die had haar in het geheim verteld dat ze wel eens met Alex had gevreeën.

Alex had Katrien ook wel eens naar binnen proberen te lokken, maar Katrien was op een andere jongen. Vera was ook niet op Alex, ze deed het om te oefenen, maar wel voor geld.

Alex' berging was vlak naast de onze. Soms ging ik er met een smoes heen en dan luisterde ik of ik iets hoorde. Maar tot nu toe had ik nog geen geluk.

Toen ik mijn fiets de berging inreed was Alex binnen. Dat zag ik omdat er licht brandde en zijn sleutels aan de buitenkant van de deur hingen.

Ik bleef voor Alex' deur staan. Ik hoorde hem rommelen en vroeg me af wat hij daar deed.

'Hoi,' zei ik, en ik duwde de deur een stukje open. Hoewel ik het al wist, schrok ik toch toen ik het matras op de grond zag liggen. Het was dus waar. Op dat matras had Vera gelegen.

Ik dacht aan hoe het was toen Henk met Nelleke zoende.

'Lekker matras, hè?' zei Alex. 'Het is heel zacht, vraag maar aan Vera.'

Het was duidelijk dat hij er trots op was. Ik wist dat Vera vlak in de buurt was. Dit was mijn kans.

'Ja ja,' zei ik. 'Ik moet zeker geloven dat Vera hierop heeft gelegen.'

'Dacht je dat het niet waar was?' vroeg Alex.

Ik lachte. 'Dat dacht ik zeker. Zoiets durft ze nooit.'

'Wedden?' Alex liep weg.

Ik hoorde het aan het getik van de hakjes op het beton. Vera droeg altijd hakken.

'Ik doe niks, hoor,' zei ze. 'Als je dat maar weet.'

'Zij gelooft het niet,' zei Alex. 'Hebben wij hier gevreeën?'

Vera knikte.

Ik keek haar aan. Ik moest zien hoe ze op dat matras lag.

'Dat zeggen jullie maar,' zei ik.

'Wil je het zien?' Alex deed de deur al dicht en trok Vera naar zich toe.

'Voor noppes zeker,' zei Vera. 'Dat zou je wel willen, hè? Ik ben niet gek. Geef maar een gulden.' En ze hield haar hand op.

Het was gelukt. Ik werd nu al rood van opwinding terwijl er nog niks was begonnen.

Alex voelde in zijn zak. 'Ik heb geen geld bij me.'

'Dan niet.' Vera maakte zich los.

'Ik heb nog een gulden,' zei ik gauw en ik haalde hem uit mijn zak en gaf 'm aan Vera.

'Alleen zoenen dan,' zei Vera en ze ging op het matras liggen.

Gelukkig vond Alex dat afzetterij. 'Zeker voor een gulden.'

En hij ging boven op haar liggen en met zijn hand onder haar trui.

In mijn hoofd was het mijn hand die in haar borsten kneep en was ik het die haar kuste. Ik maakte net zulke geluidjes als Alex.

'Dat is gemeen,' zei Alex verontwaardigd toen Vera hem ineens van zich afduwde.

Ik vond het ook veel te kort voor een gulden. Ik voelde gauw in mijn zak en vond nog een kwartje. Maar een kwartje vond Vera te weinig.

7

Mevrouw Pauw kwam altijd in een blauwe eend naar school. Ik vond wel dat die bij haar paste en eerlijk gezegd ook bij mij.

Papa had het laatste jaar ook een Citroën. Een traction. Hij was heel oud. Er zat een wiel achterop, maar doordat de carrosserie zo verroest was viel het er soms af. Dan moest papa stoppen om het er weer op te zetten. Hij was van plan een andere auto te kopen, maar mama vroeg hem steeds waar hij dat van wilde doen. Want het ging niet goed met papa's atelier.

'Ik hou m'n hart vast dat papa weer failliet gaat,' zei mama. 'Laat me dat alsjeblieft bespaard blijven.'

Ik vroeg of ze dan weer beslag op onze spullen kwamen leggen, net als de vorige keer, maar volgens mama konden ze nergens meer aan komen. Alles stond op haar naam. Officieel woonde papa niet meer bij ons omdat ze gescheiden waren.

'Denk erom dat je nooit zegt dat papa hier woont als er iemand aan de deur komt,' zei mama altijd.

Dat was wel gek, want vaak luisterde papa achter de deur van de kamer als ik opendeed, en als ik dan net gezegd had dat hij niet bij ons woonde, kwam hij opeens te voorschijn.

Over een poosje hoefde ik dat nooit meer te zeggen. In het weekend was ik langs het huis van mevrouw Pauw gefietst. Zo te zien zaten er genoeg kamers in, dus voor haar was er geen dilemma.

Ik twijfelde alleen zelf nog. Ze leek me heel geschikt als moeder, maar kon ik dat wel beoordelen? Mama was nooit een echte moeder geweest. Ik zou een nieuwe moeder kiezen, maar eigenlijk had mevrouw Pauw mij gekozen. Natuurlijk was ik daar heel blij mee, het was ook een eer. Maar dat betekende niet dat ik er meteen maar op in moest gaan. Misschien moest ik nog eens rustig rondkijken, want het was geen verkering die je zomaar kon uitmaken. Als ik eenmaal had gekozen, zat ik er wel aan vast.

Juffrouw Bont vond ik ook bijzonder. En de sympathie kwam van twee kanten, dat had ik allang gemerkt. Ook al sprak ze me nog zo streng toe als ik uit de les was gestuurd. Maar wat moest ze anders? Ze kon me toch moeilijk met open armen ontvangen als ik me kwam melden. Als ze zo slap was geweest, had ze nooit rectrix kunnen worden.

De laatste keer was het helemaal duidelijk dat ze me graag mocht.

Toen ik me ging melden, was de deur van haar kamer gesloten. Ik weet zeker dat ik haar stoorde, want ik hoorde haar met grote, geïrriteerde stappen naar de deur lopen. Ze moet meteen zijn opgesprongen toen ik aanklopte, anders kon ze er niet zo snel zijn. Dat deed mama nooit. Die kwam altijd heel rustig overeind om haar benen te sparen. Maar juffrouw Bont liep met grote stappen door haar kamer, met haar steunkousen aan. Ik zag dat ze geprikkeld was. Ik snapte het wel, want ze werd telkens gestoord. Om de paar uur kwam er wel iemand aankloppen die niet lekker was. Meestal hadden ze buikpijn omdat ze net ongesteld waren geworden. Op onze school zaten honderden meiden, dus er waren er altijd wel een paar ongesteld.

Naast de kamer van juffrouw Bont was het ziekenkamertje en daar stond een bed in. Daar mocht je dan op liggen en dan maakte ze een warme kruik voor je. Af en toe kwam ze kijken hoe het me je ging. En maar heen en weer lopen met die benen.

Maar als je buikpijn had omdat je nog ongesteld móest worden, mocht je niet op het bedje liggen. Dan moest je tien blokjes om de school rennen zodat het doorbrak.

Af en toe als ik naar buiten keek zag ik iemand van onze school langsrennen en dan wist ik dat ze ongesteld moest worden.

Wie is er nou weer ongesteld geworden, dacht ze natuurlijk toen ik klopte. Maar toen stond ik daar om te zeggen dat ik uit de les was gestuurd. Ik zag dat ze blij was, maar ze wist het wel goed te verbloemen. Soms schreeuwde ze zelfs tegen me, maar dat was een soort afleidingsmanoeuvre om niet te laten merken hoe dol ze op me was.

Juffrouw Bont had zelf geen kinderen. Daarom zou het voor haar extra bijzonder zijn om een dochter te krijgen. Voor mij had het ook een voordeel, want als ik voor haar koos had ik alleen met haar te maken. En ik moest nog maar afwachten hoe die kinderen van mevrouw Pauw op mij zouden reageren. Ik was erachter gekomen dat ze er twee had. Maar aan juffrouw Bont zat ook een nadeel: ze was nogal oud. En haar huis stond me tegen. Ik was erlangs gefietst. L.C. BONT stond er op de deur. Ik had gezien dat het naambordje vrij groot was, mijn naam kon er makkelijk bij.

Ze woonde helemaal op vierhoog. Het kon best een mooie etage zijn, maar het trok mij niet aan. Alleen al die kleine raampjes. Ik zag mezelf echt niet elke dag door die deur gaan.

Nee, dan zag het huis van Pauwtje er veel vriendelijker uit.

Ik had nu Frans en besloot het nog eens rustig te bekijken. Mevrouw Pauw zat achter haar tafel toen we binnenkwamen. Ze lachte naar me. Ik hield me in en zei gewoon gedag. Vooral niet te overdreven. Ik wilde haar geen valse hoop geven.

Toen de bel was gegaan bladerde ze in het klassenboek. Ze bekeek het huiswerk dat ze had opgegeven en vroeg wie er overhoord wilde worden. De meeste leraren hadden er lol in om er iemand uit te pikken die zijn huiswerk niet had geleerd. Maar zo kinderachtig was zij niet.

Een aantal meiden stak hun vinger op. Ik deed mijn vinger ook omhoog.

'Kom jij maar naar voren,' zei ze.

Ik wist het, ik wist dat ze mij uit zou kiezen. Het was veel te verleidelijk voor haar. Als ik voor de klas stond, was ik vlak bij haar en dat vond ze fijn. Dat zou wel anders worden als ik bij haar woonde, want dan zouden we vaak genoeg bij elkaar zitten. Misschien wel elke avond als die kleintjes in bed lagen. Maar nu was het nog helemaal nieuw.

Zodra ik voor het bord stond, draaide ze haar stoel mijn kant op. Dat had ik haar nog bij niemand zien doen. Het viel de rest van de klas ook op, maar niemand liet iets merken.

Ik moest Franse zinnen op het bord schrijven. Het ging natuurlijk prima. Die zinnen kon ik wel dromen, dus zo bijzonder was het niet.

'Uitstekend!' zei ze en toen ik het krijtje teruggaf, hield ze even mijn hand vast.

Wat is ze lief, dacht ik. Ik schaamde me dat ik nog een moment had getwijfeld. Mijn keus was gemaakt en ik wist zeker dat ik er nooit spijt van zou krijgen.

8

Het vervelende was dat Vera doorhad dat ik het spannend vond, want daardoor werd ze steeds duurder. Ze vroeg nu al één gulden vijftig en daar kregen we niks extra's voor.

Soms als Alex en ik alletwee geen geld hadden, gingen we toch samen naar de berging en dan vertelde hij mij wat hij al allemaal met meisjes had gedaan. En daarna vertelde ik wat hij nog meer met meisjes zou kunnen doen.

Het fijne was dat hij nooit iets met mij probeerde en ook nooit vroeg wat ik met jongens deed.

In de berging bij Alex lag een pakje sigaretten dat we samen hadden gekocht. Het was een half pakje waar maar tien sigaretten in zaten. Soms staken we er stiekem een op.

Alex leerde mij hoe ik kringetjes moest blazen en hij kon ook door zijn neus roken.

Ik was net thuis toen Alex op de trap floot. Het signaal dat hij naar de berging ging. Het kwam goed uit, want ik had nog één vijftig. Ik had expres geen patat genomen op de terugweg. Ik had tegen Monique en Ankie gezegd dat ik geen trek had.

Ik was niet van plan het helemaal in mijn eentje te betalen, maar Alex had ook een gulden.

Ik moest Vera halen, dan kreeg haar moeder geen argwaan. Alex bleef op de hoek staan. We hadden pech, want ze ging met haar moeder de stad in. Aan het eind van de middag kon ze wel. Ze vroeg of ze het geld vast kon krijgen, zodat ze iets leuks kon kopen. We liepen samen naar Alex toe, en die vond het goed.

Vera hield haar hand op. 'Twee vijftig,' zei ze.

Ik werd kwaad omdat het veel te veel was, maar ze wilde een poëziealbum kopen.

Alex dreigde dat we een ander zouden zoeken als ze niet oppaste. Maar Vera legde uit dat het helemaal niet duur was, omdat hij ook in haar broek mocht. En toen wilden we het wel.

Eigenlijk was het niet eerlijk. Alex had maar een gulden, dat betekende dat ik veel meer moest betalen. Maar hij beloofde dat ik aan zijn vinger mocht ruiken als hij in Vera's broek was geweest. En toen had ik het er wel voor over.

'Gelukkig, je bent er,' zei mama toen ik thuiskwam. 'Wil je geloven dat ik beef als een rietje. Je vader heeft het weer voor elkaar gekregen, hij is failliet, voor de derde keer.'

'Wat erg voor hem,' zei ik. Want papa werkte heel hard. Hij ging 's morgens al om halfzeven de deur uit. En soms werkte hij 's nachts door.

'Je kan beter medelijden met mij hebben,' zei mama. 'Ik heb me vroeger uit de naad gewerkt om samen met je vader het atelier op te bouwen. En ik heb m'n kont nog niet gekeerd, of hij helpt het naar de verdommenis.'

Ze had de afspraak met de psychiater al naar voren geschoven omdat ze sterkere medicijnen nodig had.

'Als die tenminste bestaan,' zei ze. 'Tegen je vader zijn geen medicijnen bestand. God bewaar me wat er nu weer boven ons hoofd hangt.'

Ik probeerde mama gerust te stellen, maar ze hoorde niet eens wat ik zei en raasde maar door. Dat ze voor het ongeluk was geboren. En dat elk huisje een kruisje had maar dat ons huis één groot kruis was.

Ik was blij dat ik buiten papa's auto hoorde. Ik herkende het geluid van de kapotte uitlaat. Mama zei al weken dat hij 'm moest wegbrengen omdat er iets loszat.

'Bij jou zit ook van alles los,' zei papa. 'Dan moet ik jou zeker ook wegbrengen.'

Hij had de uitlaat met een touw vastgebonden.

'Waar kom je in 's hemelsnaam vandaan?' vroeg mama toen papa binnenkwam. 'Je gaat me toch niet vertellen dat je de hele dag in dat lege atelier hebt gezeten?'

'Ik kom van de Linnaeusstraat,' zei papa.

'Jezus Christus!' riep mama uit. 'Je hebt er toch geen huis gehuurd, hè? Als je me toch in die krotten in Oost wilt proppen, breng me dan maar meteen naar de Oosterbegraafplaats, dan ben ik overal vanaf.'

'Ik heb helemaal geen huis gehuurd,' zei papa. 'Ik was bij een waarzegster.'

Ik keek papa aan. Papa lachte altijd overal om, hij nam iedereen in de maling en trok zich van niets en niemand iets aan. 'Wat er ook gebeurt, we blijven lachen,' zei hij altijd. En ook dat het allemaal niks uitmaakte omdat over honderd jaar iedereen een paardenkop had. Dat hij bij een waarzegster was geweest betekende dat hij het nu ook niet meer wist.

Ik werd bang dat alles toch nog misging, vlak voor Els en ik ergens anders zouden gaan wonen. Dat er iets ergs zou gebeuren wat nog erger was dan vroeger. Iets waar niet één kind zich uit kon redden, zelfs Els en ik niet. En dat we dan niet meer bijzonder waren, maar zielig, waardoor we geen andere moeder konden kiezen, omdat niemand een zielig kind wilde.

'Wat moest je daar?' vroeg mama. 'Of wou je soms weten of het nog iets kon worden tussen jou en die toverkol?'

'Daar ben ik verdomme niet voor gegaan,' zei papa. 'Ik zag geen uitweg meer. Daarom ben ik ernaartoe gegaan. Ik zat helemaal klem.'

'En wat voorspelde ze?' vroeg mama. 'Dat je met je poten van de wijven moest afblijven?'

'Nee,' zei papa. 'Dat ik een winkel moest beginnen.'

'Een winkel?' vroeg mama. 'Jij een winkel? Waarin in gods-naam?'

'In pispotten! Nou goed!' riep papa en hij verdween achter de krant.

Mama sloeg haar handen in elkaar. 'We komen in de goot te-recht.' Ze keek naar buiten. 'Het is een samenzwering. Nou begint dat wijf van boven ook al.'

'Wat nou,' zei ik. 'De buurvrouw mag toch wel op haar bal-kon staan.'

'Kijk dan!' riep mama. 'Ze wil het tafelkleed uitkloppen bo-ven mijn schone balkon.'

Ze smeet de deur van het balkon open, pakte een punt van het tafelkleed, trok het naar beneden en gooide het over het balkon heen op straat.

'Waarom doe je nou zo onaardig,' zei ik.

'Moet je dat nog vragen?' zei mama. 'Die jodin gebruikt mijn balkon als vuilstortplaats!' En ze schreeuwde maar door. Dat haar eerste baas ook een jood was geweest. Dat ze pas veer-tien was toen ze bij hem moest beginnen, uitgerekend op haar verjaardag, omdat het per se van hem moest... Ze ging maar door. 'Je hoeft mij niks te vertellen. Ik heb genoeg met ze mee-gemaakt.'

De balkondeur stond open. Ik dacht aan Alex die het kon horen en nam me voor de volgende keer twee gulden vijftig te betalen.

9

Papa ging een kledingzaak beginnen. Hij had al een winkel-pand gehuurd. Mama kon nu al voorspellen dat het niks zou worden, omdat het niet in, maar achter een winkelstraat lag. Ze had het gezien en het moest voor een vermogen verbouwd worden. Maar papa wilde het zelf vertimmeren.

Toen het af was, wees mama geschrokken naar de muren. 'Die gaten maak je toch wel dicht, hoop ik?'

'Waarom?' vroeg papa. 'Daar komt allemaal kleding voor te hangen.'

Mama schoof het gordijn van de paskamer dicht, de rail kwam op haar hoofd terecht. Ze zei dat ze wel kon zien wie er aan het werk was geweest. De grote kluns.

Maar papa zei dat ze er niet met haar logge lichaam aan had moeten gaan hangen. Dan kwam elk gordijn naar beneden.

'En wat ben je eigenlijk van plan met die etalage?' vroeg mama. 'Je zult toch op de een of andere manier moeten laten zien wat je verkoopt.'

'Ik wilde jou inhuren als etalagepop,' zei papa.

Hij vertelde dat hij het groots aan wilde pakken. De winkel werd officieel geopend.

'Waar haal je al dat geld vandaan?' vroeg mama.

Papa zei dat het niks hoefde te kosten. Hij haalde een zak zoutjes en thuis had hij nog wat restjes drank staan die nodig op moesten.

Tijdens de opening maakte papa grapjes met de mannen die met hun vrouw waren meegekomen.

'Handig zo'n modezaak in de buurt, hè?' zei papa. 'Dan kan uw vrouw kleren kopen en hebt u het rijk even alleen.'

'Maar dat gaat me dan wel geld kosten,' zei een man.

'Dat is nergens voor nodig,' zei papa. 'U mag haar ook stallen als ze lastig is.'

De man lachte en de vrouw werd rood, omdat papa haar gauw een knipoog gaf.

Els deed een paar stappen opzij. Ik wist dat zij die grappen vreselijk vond.

Papa had een openingsstunt bedacht. De eerste maand kreeg elke vijfde klant een gratis truitje.

'Dan mag je wel heel wat inslaan,' zei mama.

'Welnee,' zei papa. 'Twee is genoeg.'

'Hè, wat een pech,' zei hij tegen elke klant die erop afkwam. 'Was u iets eerder geweest, dan had u een gratis truitje gekregen. Maar nummer vijf loopt net de deur uit en nu beginnen we weer bij één.'

Aan het eind van de maand haalde hij de twee truitjes van achteren.

'Moet u zien,' zei hij tegen de klanten. 'Er zijn er nog maar twee over. Mijn hele atelier lag ermee vol. Ik had niet gedacht dat het zo'n succes zou worden.'

Als ik naar school fietste kwam ik vlak langs papa's winkel. Vaak stapte ik af en dan ging ik even gedag zeggen. Omdat het nu nog kon, maar als ik eenmaal in Amstelveen woonde moest ik een heel andere kant op.

Vandaag hadden we weer Frans. Ik vroeg me af hoe Pauwtje

tegen me zou zijn. De vorige les keek ze steeds langs me heen. Ze had vast gemerkt dat ik twijfelde. Zoiets kun je natuurlijk ook niet helemaal verborgen houden. Ik wilde haar niet langer in onzekerheid laten, en zou haar vandaag duidelijk laten merken dat ik definitief voor haar had gekozen.

Ze moest nog wel even geduld hebben, want we hadden pas 's middags Frans.

Ankie stelde voor in de pauze naar Sjakie Zwart te gaan om een handtekening te halen. Het kwam me eigenlijk wel goed uit, anders stond ik toch alleen maar te wachten tot de Franse les begon.

We reden naar Amsterdam-Oost. Ankie wist precies waar we moesten zijn want ze was er al honderd keer langsgereden. Voor een kleine sigarenwinkel stopte ze. Toen we naar binnen gingen trilde Ankie.

'Zeg het maar,' zei een vrouw.

'We komen een handtekening vragen,' zei ik. Ankie vond het ineens zo spannend dat ze geen woord meer kon uitbrengen.

'Sjakie doet even een boodschap,' zei de vrouw. 'Maar jullie mogen wel wachten, hoor.'

Ik dacht aan mevrouw Pauw. 'Dan komen we wel te laat,' zei ik.

'Nou en?' zei Ankie.

Ik hoopte niet dat de anderen zouden vertellen dat ze ons op de fiets hadden zien wegrijden, want dan werd Pauwtje ongerust.

'Moeten we niet laten weten dat we wat later komen?' vroeg ik.

'Waarom?' vroeg Ankie. 'Ze maakt zich echt geen zorgen.'

Nee, dacht ik, niet over jou, maar wel over mij. Als ik alleen was geweest had ik wel opgebeld, maar nu wilde ik geen heilig boontje lijken.

Ik schrok toen de telefoon rinkelde. Dat is 'r, dacht ik. Maar het kon Pauw niet zijn, want de les was nog niet eens begonnen.

'Jullie kunnen beter gaan,' zei de vrouw toen ze de hoorn ophing. 'Sjakie belt net dat hij nog ergens langsgaat voor hij hierheen komt. Voorlopig is hij er niet.'

Als we een beetje vaart zouden maken, konden we het nog halen ook. Maar we hadden alles tegen en precies vijf minuten te laat kwamen we bij school aan. Het leek kort, maar in vijf minuten kon je je van alles in je hoofd halen.

Ankie wilde doorlopen naar de conrector, maar ik trok haar mee en zei dat het niet nodig was.

'Pauw is heel streng,' zei Ankie. 'Denk maar niet dat we erin komen zonder briefje.'

Met mij wel, dacht ik. Het vervelende was alleen dat ik het niet kon vertellen. Wat dat betrof zou ik blij zijn als ik bij haar woonde. Gelukkig had Ankie nog niks door, want ze stelde geen vragen. Maar dat zou heus wel komen en wat moest ik dan zeggen?

We stonden bij de deur van het Franse lokaal. Ik keek door het raampje naar binnen. Mevrouw Pauw schreef iets op het bord.

Ze draaide haar gezicht naar de deur. Ik schrok omdat ze helemaal niet blij keek toen ze me zag. Eerder kwaad omdat we de les verstoorden.

'Hebben jullie een briefje?' vroeg ze.

Ik kon niet eens antwoord geven, zo verbluft was ik.

'Nee,' hoorde ik Ankie zeggen.

'Dan gaan jullie dat nu onmiddellijk halen.'

'Zie je nou wel,' zei Ankie. 'Ik zei toch dat ze het niet zou pikken.'

'Wat is er? Je trekt het je toch niet aan? Wat kan het jou schelen dat dat stomme mens kwaad is.'

Dit klopt niet, dacht ik alleen maar. Maar ik wist niet zo goed hoe een moeder op zulke momenten deed. Ik dacht aan de moeder van Katrien en ineens wist ik het. Katriens moeder was ook altijd woedend als ze ongerust was geweest. Dus zoveel houdt ze nou van me, dacht ik. Ik was best wel eens jaloers op Katrien geweest, maar nu kreeg ik zelf ook een moeder die heel veel van me hield.

'Wedden dat we morgenochtend voor straf om acht uur moeten komen,' zei Ankie toen we naar de kamer van meneer Van de Raad liepen. Het maakte mij niks uit, al moest ik de hele week om acht uur komen, zo gelukkig was ik.

10

Els had de hoofdrol in het toneelstuk. Mama zei dat Els het talent van papa had. Niet van haar, want mama was heel verlegen. Maar papa had vroeger op een toneelvereniging gezeten.
Hij vertelde dat hij altijd de zielige rollen moest spelen, en de
hele zaal aan het huilen bracht.

Dat verbaasde mama niks. Papa hield ervan om mensen
aan het huilen te krijgen. Het was een sport van hem. We
moesten maar eens naar haar ogen kijken, die waren rood van
het huilen. Mama zei dat er zout in tranen zat. Soms leek het
net of ze pekel in haar ogen hadden gestrooid en moest ze dagen op bed liggen met natte kompressen op haar ogen. Ze was
bang dat ze anders zouden ontsteken en dat ze dan blind werd.
Als dat gebeurde zou ze zich opknopen, want ze wilde niet met
een blindenstok over straat. En ze kon ook geen blindengelei-
dehond nemen, want mama werd tureluurs van honden.

Els oefende haar rol elke dag. Dat moest wel omdat hij heel
groot was en ze hem anders niet in haar hoofd kreeg. Ik over-
hoorde haar vaak en dan was ik trots op haar, omdat ze het zo
knap deed.

Het ging de laatste tijd weer beter tussen ons. Els had mijn
gedrag op school geaccepteerd. Ze had gemerkt dat niemand

haar erop aankeek. Soms moest ze er zelfs om lachen.

'Nog acht dagen,' zei Els toen ik haar had overhoord. 'Dan is de voorstelling.'

Nog acht dagen, dacht ik, en dan woon je bij mevrouw Van Zelst. Ik wist zeker dat ze het Els zou vragen zodra de voorstelling voorbij was. Ik vond het fijn voor Els, ook al moest ik dan alleen achterblijven. Het had ook omgekeerd kunnen zijn. Ik kon wel aan Els vragen of ze nog even wilde wachten met haar vertrek, maar dat wilde ik niet. Ik wilde veel liever dat ze wegging, dan was ze tenminste van papa af.

Van de week stond Els voor de spiegel in de gang. Papa liep langs en gaf een klap op haar kont. Els draaide zich met een ruk om.

'Afblijven!' riep ze.

Ik had haar nog nooit zo kwaad gezien. Er stonden tranen in haar ogen.

Papa verbleekte en liep zonder iets te zeggen de kamer in.

Met papa's winkel ging het goed. Er woonden veel oudere dames in de buurt die graag bij papa kochten omdat hij hun altijd complimentjes maakte.

'Mag ik raden hoe oud u bent?' vroeg hij en dan schatte hij hen expres tien jaar jonger. En de kleding die ze bij papa kochten zat altijd goed omdat papa alles kon vermaken.

Dat kwam goed uit, want sommige dames waren krom gegroeid en als een jas trok omdat iemand een bochel had, vermaakte hij hem zo dat hij goed zat.

Papa wilde ook proberen jongeren in zijn winkel te krijgen. Hij had bij het Confectiecentrum wat kleding uitgezocht. Doordat hij daar iemand kende hoefde hij de spullen pas te betalen als ze waren verkocht.

Papa wilde van Els weten hoe zij de kleding vond, daarom had hij een paar jurken mee naar huis genomen. Hij liet ze pas zien toen mama in de keuken was.

Els was meteen enthousiast.

Ik vond ze ook mooi, maar volgens papa had ik geen verstand van kleding omdat ik er zelf als een voddenbaal bij liep.

Els wist zeker dat de jurken zo waren verkocht als papa ze in de etalage hing. Maar papa wilde dat Els de jurken paste, anders wist hij nog niet hoe ze stonden.

Els hing ze over haar arm en nam ze mee naar haar kamer, maar papa vond dat het dan te lang duurde. 'Trek ze hier maar even aan.'

Els trok haar kleren uit en stond in haar ondergoed in de kamer.

Ik schrok toen ik papa's gezicht zag, maar Els zag alleen maar hoe mooi de jurk was en draaide trots voor papa in het rond.

'Trek 'm maar weer uit,' zei papa. 'Ik heb het gezien.' En Els moest het volgende kledingstuk passen. En weer stond ze in haar slipje in de kamer en weer had papa die blik.

Ik kon er niet meer tegen dat papa zo naar haar staarde en ik keek naar de laatste jurk.

'Die mag ik passen,' zei ik gauw.

Papa vloog op. 'Bemoei jij je er nou eens niet mee,' en hij gaf de jurk aan Els.

Ik wist dat papa nog veel vaker kleren voor Els zou meenemen. Ik durfde het niet tegen Els te zeggen. Ik was bang dat ze dan boos op mij zou worden omdat ze niet wilde dat ze een vader had die zo naar haar keek. En misschien zou ze mij dan niet meer willen zien, omdat ze er dan steeds aan moest denken. Maar diep in mijn hart wist ik dat het niet de echte reden was. Want nog moeilijker vond ik het om toe te geven dat de vader van Els zo naar Els keek, omdat hij ook mijn vader was.

II

We moesten voor Nederlands een opstel schrijven met als titel: 'Thuis'.

'Daar kan iedereen wel iets over vertellen,' zei meneer Vreeken.

Maar mij maakte hij er behoorlijk mee in de war.

Over welk thuis moest ik het hebben? Ik kon toch moeilijk over het thuis vertellen waar ik nu woonde.

Meneer Vreeken was altijd heel traag met nakijken. Als we het opstel eindelijk terugkregen was ik allang bij mevrouw Pauw ingetrokken. De leraren bespraken altijd alles met elkaar. Het zou heel kwetsend zijn als ze zou horen dat het opstel over mijn oude thuis ging in plaats van over mijn nieuwe leven bij haar. Daarom zou ik over mijn nieuwe thuis vertellen. Het was alleen lastig dat ik nog niet wist hoe het leven in Amstelveen zou zijn. In mijn dromen had ik het wel heel vaak voor me gezien en ik besloot dat maar op te schrijven.

Eigenlijk mocht ons opstel maar twee proefwerkblaadjes beslaan. Het mijne werd veel langer.

'Zo,' zei meneer Vreeken toen hij de opstellen innam. 'Ik ga mijn leven beteren. Na het weekend krijgen jullie het terug.'

Ik schrok, omdat hij dan zou denken dat ik bij mevrouw

Pauw woonde. En als het even tegenzat en ik moest mijn opstel voorlezen, dacht de klas het ook. Ankie was van school. Gelukkig had ik nu Josje en Sylvia. Om te voorkomen dat ze niet
op me afknapten moest ik nu meteen actie ondernemen. Als
het aan mevrouw Pauw lag, zou het nog wel even duren voor
het zover was. Over een paar weken zouden we bij haar thuis
een klassenavond hebben. Als iedereen binnen was, zou ik ineens van boven komen. Het zou een prima gelegenheid zijn
om het bekend te maken.

Het volgende uur hadden we Frans. Ik wilde net doen of ik
mijn boek thuis had laten liggen. Dat was bij mevrouw Pauw
zo'n beetje de ergste misdaad die je kon begaan. In dat geval
kon je meteen vertrekken. Maar dat kon ze bij mij niet doen.
Dan ging de klas vragen stellen. Dan werd het vanzelf wel duidelijk welke plek ik in haar leven had.

Dat was voor haar ook het beste. Toen ik gisteren met juffrouw Hulst stond te praten kwam mevrouw Pauw ineens op
de gang. Terwijl ze altijd in haar lokaal blijft. Alsof ik ineens
voor Hulst zou kiezen. Mijn lerares Engels had niks van een
moeder, meer van een vriendin. Ze wandelde soms met leerlingen langs het strand en vroeg of ik ook een keer mee wilde.
Toen ik het gezicht van Pauw zag, zei ik maar gauw dat ik niet
kon.

Monique zeurde de hele ochtend al dat ze het zo'n saaie dag
vond. Terwijl het voor mij zo ongeveer de spannendste dag van
mijn leven was.

'Je boek,' zei Monique toen ik alleen mijn Franse schrift op
tafel legde.

'Heb ik niet,' zei ik.

'Stommerd,' zei Monique. 'Wie vergeet nou d'r Franse
boek.'

'Ik ben het niet vergeten,' zei ik. 'Ik heb het expres thuis laten liggen.'

'Ben je gek of zo?' vroeg Monique.

'Laat maar,' zei ik lachend. 'Je zult zo wel merken waarom.'

Mevrouw Pauw moet hebben gevoeld dat ik iets van plan was. Ze stond maar bij de deur, terwijl iedereen al binnen was. En toen de deur dichtging liep ze als een slak naar haar plaats. Iedereen keek haar afwachtend aan en toen moest ze wel beginnen.

'Neem allemaal jullie boek voor je,' zei ze.

Ik wist zeker dat ze zag dat ik geen boek had, maar ze vroeg niks. Ik gaf haar nog een minuut om te reageren en toen stak ik mijn vinger in de lucht.

Hoe kon ze het bedenken. Plotseling moest ze Elly ter Horst iets uitleggen. Ze hoopte natuurlijk dat ik mijn vinger omlaag zou doen, maar dan kende ze me nog niet. Ik hield hem in de lucht, ook al kreeg ik een lamme arm. Mevrouw Pauw stond maar gebogen over het werk van Elly, wat op zich al grote onzin was omdat Elly best goed was in Frans. We waren alletwee even drammerig. Ik hield mijn vinger maar in de lucht en zij stond maar over Elly gebogen.

Later zouden we er samen om moeten lachen.

'Weet je nog dat jij toen net deed of je je boek had vergeten?' zou ze zeggen als we 's avonds thee dronken. 'Als je niet zo had aangedrongen, zaten we hier nu niet gezellig op de bank.' En dan zou ze een arm om me heen slaan en me naar zich toe trekken en zeggen hoe blij ze met me was en dat ze altijd al een grote dochter had willen hebben.

Ik stond op en liep naar haar toe.

'Ik heb mijn boek vergeten.' Ik zei het zo hard dat iedereen het kon verstaan.

Vol trots keek ik de klas in. Binnen een uur zou de hele school het weten.

Ik keek Pauw aan. Zeg het maar, dacht ik. Zeg maar hoe het zit. Ik zag dat ze rood werd.

'Je schijnt het nogal leuk te vinden, hè?' zei ze. 'Daar is het gat van de deur. Hoepel maar gauw op. Dinsdagmiddag kun je terugkomen. Dan zullen we zien of je nog zo vrolijk kijkt.'

Ik herinnerde me niet hoe ik bij de deur was gekomen. Het leek net of ik buiten bewustzijn was geweest. Langzaam kwam alles terug. Ze had me eruit gezet. Ze was laf en ze durfde er niet voor uit te komen dat ze wilde dat ik haar dochter was. Ze had me verloochend voor het oog van iedereen. Straks zou ze naar me toe komen om me te zeggen dat ze er spijt van had. Maar op zo'n moeder zat ik niet te wachten. Ik had het gevoel dat ik elk moment flauw kon vallen. Alles draaide voor mijn ogen toen ik op de deur van juffrouw Bont klopte.

Toen ze opendeed vergat ik helemaal te zeggen dat ik eruit was gestuurd. 'Ik ben niet lekker,' zei ik.

'Ben je ongesteld?' vroeg ze.

Ik wilde wel gillen: Ik ben niet ongesteld!

'Ik ben ziek,' zei ik. 'Ik ben duizelig.'

'Kom maar.' Ze nam me mee naar het kamertje. Ik moest op bed gaan liggen. Ze zette een ijzeren spuugbakje voor me neer.

'Blijf maar rustig liggen,' zei ze. Toen ze zag dat ik rilde legde ze een deken over me heen. Een bruine wollen deken die heel erg stonk.

'Van wie had je les?' vroeg ze.

Mijn maag draaide om en ik begon te spugen.

12

Alex floot op de trap. Eigenlijk wilde ik niet naar buiten. Ik voelde me belabberd en had al dagen nergens zin in. Ik dacht aan mama.

'Weet je dat seks een medicijn is,' zei ze altijd. En dan vertelde ze over vroeger. We woonden nog op het Westerscheldeplein.

'Toen begon het al,' zei mama. 'We waren nog maar net getrouwd. Je vader had overal tijd voor, behalve voor mij. Zelfs 's nachts werkte hij door en als hij bij Gods gratie tegelijk met mij naar bed ging, viel hij als een blok in slaap. Ik had niks aan hem.'

Mama vertelde dat ze van alles mankeerde en overal pijn had. Er ging geen week voorbij of ze zat wel met de een of andere kwaal bij de huisarts.

De dokter zei dat er met mama's gezondheid niks mis was. Ze had al die klachten doordat papa haar seksueel verwaarloosde. Ze zou zich veel beter voelen als ze goeie seks had. Helaas kon hij daar geen recept voor voorschrijven. Hij kon haar wel van de klachten afhelpen. Ze kreeg een kuur van hem die een paar maanden zou duren.

Een paar keer in de week moest mama op het spreekuur komen en dan ging hij met haar naar bed. 'En hij liet het nooit afweten,' zei mama. 'Terwijl hij het zo druk had.' Hij had niet gelogen. Al na drie weken had ze nergens meer last van. Ze voelde zich er niet schuldig over. Het was nodig voor haar gezondheid. Ook moesten we weten dat hij niet zomaar een minnaar was. 'Hij was een kunstenaar op dat gebied. Je vader kan erbij op de pot gaan zitten.'

Ze was hem nog steeds dankbaar. Want ze wist niet wat er gebeurd zou zijn als hij er niet was geweest.

'Toen was het al duidelijk dat ik voor het ongeluk ben geboren,' zei mama. 'Want die dokter is naar Australië vertrokken.'

'Gevlucht, zul je bedoelen,' zei papa. 'Het werd hem te heet onder de voeten omdat de politie hem op de hielen zat. Jij dacht zeker dat je de enige was, maar maak je geen illusie, hij flikte het bij een heleboel vrouwen.'

'En toch had ik er baat bij,' zei mama dan.

Ik dacht aan wat we altijd in de berging deden. Misschien had ik daar nu ook wel baat bij en ik ging achter Alex aan.

Hij was al met Vera in de berging. Zodra we betaald hadden ging ze op het matras liggen.

Ik keek naar Alex, die met zijn hand onder haar trui ging, en deed of ik het was. Maar het hielp niet.

Toen ik naar huis liep had ik nog hoofdpijn ook.

13

'Als ze nog eens wat weten op die school van jou,' zei mama toen ik thuiskwam. 'Ze hebben ijskoud een sociaal werkster op mijn dak gestuurd.'

Mama was zich doodgeschrokken. Ze dacht minstens dat er luizen op school waren geconstateerd of schurft. Maar de vrouw had aan mama gevraagd of ze wist waarom ik zo onrustig was.

'Dan moet u niet bij mij zijn,' had mama gezegd. 'Maar bij mijn man. Die maakt hier iedereen in huis gek.'

Ze had de vrouw verteld dat papa van de ene op de andere dag een winkel was begonnen en dat ze nu pas wist waarom. Om zijn ex-vrouw te kunnen ontvangen. Dan kon hij met haar in het hok duiken dat hij zijn atelier noemde. Ze vermoedde al iets en had haar moeder ingeschakeld, en die had dat wijf de winkel uit zien komen.

Mama had papa een moordenaar genoemd omdat hij haar kapotmaakte. En niet zomaar een moordenaar, maar een wellustmoordenaar omdat hij er ook nog van genoot. Ze had het allemaal tegen de sociaal werkster verteld. Ze was een makkelijke prooi omdat ze een patiënt was. Papa maakte er misbruik van dat ze hem er niet uit kon zetten, want dan kon ze de huur niet meer betalen. Ze had geen zin om op straat te komen te staan.

Mama raasde maar door over het gesprek. Ik dacht aan de sociaal werkster die helemaal voor mij naar ons huis was gekomen. Ik was er trots op. Het betekende dat ze op school met hun handen in het haar zaten. Dat ze niet meer wisten wat ze met mij aan moesten.

Ik had het al prachtig gevonden als alleen de leraren en de ouders over mij praatten. Maar nu drong ik ook door tot de medische wetenschap...

Ik ging weer gelijk op met Els, over wie ook iedereen op school praatte. Ze hadden het er allemaal over hoe prachtig ze in het toneelstuk had geacteerd. Er stonden zelfs foto's van haar in de schoolkrant. En op hetzelfde moment kreeg ik ook alle aandacht. Dat kon geen toeval zijn.

Els schrok toen ze hoorde dat er een sociaal werkster thuis was geweest en daarna werd ze kwaad. Ze zei dat ik het zo ook voor haar verpestte en toen begon ze te huilen. Dat kwam vast omdat mevrouw Van Zelst haar nog steeds niet had gevraagd of ze bij haar kwam wonen. Misschien dacht Els wel dat mijn gedrag daar de oorzaak van was. Maar het kwam niet door mij. Die Van Zelst was net zo'n achterbaks schijnheilig onderkruipsel als mevrouw Pauw. Ik werd woedend dat ze Els liet barsten. Els, die zo lief was, en ik nam me voor het haar betaald te zetten. Ik zei tegen Els dat ik heus wel een andere moeder voor haar zou vinden. Maar dat maakte haar nog kwader. 'Ik wil helemaal geen andere moeder...!' schreeuwde ze. 'Ik wil een andere zus, een zus die normaal doet!' En toen ging ze haar kamer in en sloeg de deur keihard achter zich dicht. En ik stond daar, op de gang, en ik kon niet geloven dat Els zoiets tegen mij had gezegd. Maar gelukkig ging de deur meteen weer open en zei Els dat het haar speet, dat ze er niks van meende, en dat ze alleen mij als zus wilde en niemand anders. En ze vroeg of ik haar kon vergeven. En ik knikte, want ik snapte dat Els in de war was. Ze was bedrogen, net als ik.

14

Het liefst zou ik in het weekend ook op school blijven. Ik had altijd een leeg gevoel als ik zaterdags wegfietste. Ik droomde ervan dat onze school een internaat was en dat juffrouw Bont mij 's avonds naar bed bracht.

Ik liep al naar de kapstok toen juffrouw Bont mij riep. Ze had niet veel tijd, maar ze vond het toch nodig om nog even met mij te praten. Ik mocht tegenover haar aan haar bureau zitten. Het was een smoes om me nog even bij zich te hebben voor het weekend begon.

Ik kreeg een preek omdat ik mijn talenten verkeerd gebruikte. Dat zei ik tegen haar toch ook niet?

Ze had al heel wat bereikt, maar ik toch ook! Alleen al het feit dat ik tegenover haar aan het bureau mocht zitten.

Ik zag weer aan haar hoe bijzonder ze me vond.

'Beloofd?' vroeg ze toen ze was uitgepraat.

Toen ik knikte stond ze op. 'We moeten naar huis.'

Ik keek naar de kapstok die in haar kamer stond en waar haar camelkleurige wollen jas aan hing, op een hangertje.

'Prettig weekend,' zei ze. En ze pakte even mijn arm.

'U ook.' Ik keek haar aan en wilde iets liefs voor haar doen.

'Ik help u even in uw jas,' zei ik.

Ik wist precies hoe dat moest omdat ik het papa vaak bij een klant zag doen. Mama klaagde dat papa voor haar nooit galant was. Maar papa zei dat het onzin was. Hij hield de deur altijd voor haar open als ze de vuilnisbak buitenzette.

Ik haalde zorgvuldig de jas van de hanger en hield hem voor. Juffrouw Bont trok haar wenkbrauw op. Ik was een stuk kleiner. Maar ik liet haar natuurlijk niet door haar knieën gaan en ging op mijn tenen staan. Ik rekte net zo lang tot we op gelijke hoogte waren. Ik zag dat ze kleurde. Het geeft niks, dacht ik. Je zult je nog wel vaker over mij verbazen.

15

Els was verliefd. Hij heette Freek en ze had hem al een aantal keren mee naar huis genomen. Els had wel vaker een vriendje gehad, maar dit keer zag het er heel echt uit.

Toen papa merkte dat het serieus was, noemde hij hem geen Freek meer, maar Die Lange. En als Els het niet hoorde had hij het over Die Kwast.

Papa wilde een schoonzoon om met hem naar voetbal te gaan en met hem te dollen. Hij moest ook aan sport doen. Freek zat op basketbal, maar papa zei dat je dat geen sport kon noemen.

Het ergerde papa dat Freek altijd tegen Els aan geplakt zat. Dat had ik allang gemerkt, want als Freek zijn arm om Els heen sloeg werd papa rood. En dan mochten we ineens niks meer zeggen omdat hij zogenaamd de televisie niet meer kon verstaan.

Ik moest er ook heel erg aan wennen dat Els een vriendje had. Het moeilijkste vond ik nog dat ze nu iemand voor zich alleen had. Maar het was ook een mooi gezicht omdat Freek Els zo lief vond.

Sinds Els verkering had sloofde papa zich heel erg voor haar uit. Op haar verjaardag gaf hij haar een bos rode rozen. Ik zag

dat hij er plezier in had toen Freek met één rode roos binnenkwam en papa's bos zag staan.

Els vond dat Freek een heel lieve familie had. Mij leek zijn
moeder ook erg aardig. Ze had expres een jas bij papa gekocht.
Els vroeg hoe papa haar vond.

Papa zei dat hij eerst dacht dat de koningin binnenstapte.
Freeks vader had geen kouwe kak. Maar papa zei dat je wel een
touw nodig had om de woorden uit zijn mond te trekken.

Mama moet Freek die avond hebben binnengelaten. Ze
wist niet dat Els voor papa kleren aan het passen was. Ik zag dat
Freek schrok toen hij de kamer inkwam. Papa zei tegen mij dat
dat kwam omdat hij nog nooit een meisje in haar ondergoed
had gezien. Die Lange dacht waarschijnlijk nog dat de kinderen van de ooievaar kwamen. Dat zag je wel vaker bij die types
die altijd met hun neus in de boeken zaten.

Later hoorde ik van Els dat Freek inderdaad geschrokken
was, maar niet van haar, maar van de blik in papa's ogen. Daarna heeft Els zich gelukkig nooit meer in het bijzijn van papa
uitgekleed.

16

Juffrouw Bont kwam de klas in om te vertellen dat onze gymlerares ziek was. Het zou vier weken duren voor ze weer terug was, daarom had ze voor een invalster gezorgd.

Monique en ik hoefden maar even naar elkaar te kijken en toen stond het al vast. Wij namen de komende vier weken vrij van gymnastiek.

We spijbelden wel vaker, maar dit keer lukte het niet omdat meneer Van de Raad bij de achterdeur stond. Dat was geen toeval, maar dat wist ik toen nog niet.

Dan maar wel naar gym, dacht ik. Wat op zich ook heel uitzonderlijk was, want normaal gesproken was ik niet zo toeschietelijk. Zelfs al die tijd dat ik in de kleedkamer stond had ik niks door. Zonder het minste vermoeden ging ik de gymzaal in.

En daar stond ze, tegen de bok aan geleund, met een zwartwit trainingspak aan. 'Ik ben juffrouw Dekker,' zei ze.

Aan mij had ze zich niet hoeven voorstellen. Ik kende haar al. Ik kon het aan niemand vertellen. Ze zouden me uitlachen. In het gunstigste geval zouden mijn vriendinnen zeggen dat ik een déjà vu had. Maar dat klopte niet. Ik had juffrouw Dekker al veel vaker dan één keer gezien, ik kende haar heel goed.

Vanaf het moment dat ik wist dat ik een moeder ging zoeken had ik haar voor me gezien. Alles klopte.

Ze had zich aan mij geopenbaard in mijn dromen. Het kon niet anders dan dat ik ook in haar dromen was verschenen. Ze was naar deze school gestuurd. Ze moest mij vinden, maar ze herkende me niet. Daar moest ik voor zorgen, dat was mijn opdracht. Zo heel vreemd vond ik het niet. Elk kind moest als baby een heel benauwde weg afleggen om zijn moeder te zien. Dat kon met mij niet meer, maar het zou niet goed zijn als ik haar zomaar cadeau kreeg, ik moest er ook iets voor doen. En daar kreeg ik vier weken de tijd voor en geen dag langer.

In plaats van twee uur gymnastiek hadden we maar één uur. Dat kwam omdat het 4 mei was, dodenherdenking. De conciërge en de stoker moesten de hele gymzaal vol stoelen zetten.

De conciërge zagen we wel vaker. Die woonde met zijn vrouw en zijn hond naast de school. Hij heette meneer De Bruin.

Als juffrouw Bont de conciërge nodig had en hij zat niet in zijn kantoortje, dan ging ze boven in het trapgat staan. Dan hield ze haar handen naast haar mond en riep ze heel hard: 'De Bruin!' En dan kwam hij aangehold.

De stoker zagen we bijna nooit. Die zat meestal onder de school in de kelder. Juffrouw Bont wilde niet dat hij door de school liep in zijn overall. Dat vond ze niet netjes tegenover de leerlingen, omdat hij vaak onder het roet zat. Maar als er stoelen gesjouwd moesten worden gaf dat niet.

Hij takelde samen met de conciërge het podium naar beneden. Meneer De Bruin zette er een katheder op waar juffrouw Bont achter kon staan.

Toen we de gymzaal inliepen waren de gordijnen gesloten. Er hing een gewijde sfeer. Ik dacht aan vroeger, als ik op 4 mei 's avonds naar de Bos en Lommerweg rende. Elk jaar als de twee minuten stilte werden gehouden, stond ik op dezelfde plek, voor een huis waar een vrouw met haar zoon uit kwam. Als de twee minuten stilte ingingen begon ze te huilen. Ik wachtte altijd vol spanning tot de kerkklok luidde. Als ze stilhielden sprongen de lichten aan. Na twee minuten gingen die weer uit. Dan mochten de mensen weer hardop praten en de auto's en de tram weer rijden. Maar voor mij was het pas voorbij als de vrouw weer haar huis inging en de deur achter haar dichtviel.

Thuis hadden we het boek *De Ramp*. Het ging over de watersnood in Zeeland. Daar stond ook een foto in van een vrouw die huilde. Ik pakte het boek vaak uit de kast om naar haar te kijken. Maar de vrouw op 4 mei maakte meer indruk. Omdat ze kinderen had. Het stelde me gerust dat mama niet de enige moeder was die huilde.

We zaten allemaal in de gymzaal toen juffrouw Bont binnenkwam. Voor het eerst keek ik niet naar haar benen. Ik was de steunkousen zelfs even vergeten. Dat kwam door haar ernstige gezicht.

Ze had het over de dodenherdenking. Over het belang om er met elkaar bij stil te staan.

Ze vertelde over de tijd dat het oorlog was, toen was ze al rectrix van onze school. Midden op een dag kwamen de Duitsers de school in. Ze liepen door de klassen en namen joodse leerlingen mee. Haar leerlingen. Niemand had hen ooit teruggezien.

Ik dacht aan de school, die voor mij zo veilig was. Waar ik dag en nacht zou willen blijven. Zodra ik hier 's morgens een voet over de drempel zette, had ik het gevoel dat me niets meer kon gebeuren. Dat juffrouw Bont ons allemaal beschermde. En dat hadden die kinderen vast ook gedacht en toch werden ze zomaar weggevoerd. Misschien hadden ze nog om hulp geroepen, maar juffrouw Bont had niks voor ze kunnen doen.

Dat de Duitsers machtig waren in die tijd wist ik uit de verhalen van mama. 'We hadden niks te vertellen, helemaal niks.'

Ze had het zo vaak gezegd. Maar dat zelfs juffrouw Bont niks te zeggen had gehad, dat zette mijn hele wereldbeeld op zijn kop.

Toen ik thuiskwam begon mama over de buurvrouw.

'Die jodin van boven is weer bezig geweest,' zei ze. 'Mijn balkon ligt onder het vuil.'

'Ze heet mevrouw Groenteman,' zei ik. 'Je mag haar geen jodin noemen en zeker niet vandaag. Het is dodenherdenking.'

'Daar schijnt zij van boven anders geen boodschap aan te hebben,' zei mama. 'Die klopt gewoon haar tafelkleed boven mijn balkon uit.'

'Ze is in de war,' zei ik. 'Omdat het 4 mei is. Ze heeft misschien ook familie in de oorlog verloren.'

'Zij?' vroeg mama.

'Ja,' zei ik. 'Weet je wel hoeveel joden er zijn omgekomen? Ze is toch ook joods.'

'Nou zeg je het zelf dat het een jodin is,' zei mama. 'En ik mag het niet.'

'Ik wil alleen maar dat je aardig over haar praat,' zei ik. 'Ze is ook de moeder van Alex.'

'Dan mag Alex wel eens tegen zijn moeder zeggen dat ze mijn balkon niet moet bevuilen. Weet je hoe ik dat noem? Een vuile jodenstreek!'

Ik keek mama aan. Ik wilde met mijn hand haar mond dichthouden tot de dodenherdenking voorbij was. Ik wilde tegen haar schreeuwen dat ze nooit aan een ander dacht, alleen maar aan zichzelf. Dat ze altijd klaagde en zeurde en helemaal niet haar best deed om beter te worden. Dat ze nooit een moeder voor Els en mij was geweest. Dat ze ons altijd bang had gemaakt en dat we altijd rekening met haar moesten houden. Ik wist dat ik dat moest doen, maar ik kon het niet.

17

Ik had geen idee waar juffrouw Dekker woonde en met wie. Het kon me ook helemaal niet schelen. Bij haar had ik totaal geen behoefte om van alles uit te pluizen, zoals bij mevrouw Pauw. Ik vond haar goed zoals ze was.

Net nu Els steeds vaker bij Freek was, kwam mijn nieuwe moeder in mijn leven. De ouders van Freek hadden een vakantiehuisje in Blaricum en daar gingen ze in het weekend vaak naartoe. En dan zat ik alleen met papa en mama en dan was er het hele weekend niemand bij wie ik wilde horen. Daarom moest ik zorgen dat juffrouw Dekker me snel zou herkennen. Maar dat was niet gemakkelijk. Ik had al gemerkt dat het geen zin had om als eerste de les in te komen zodat we even met z'n tweetjes waren. Ze zag me wel, maar ze wist niet dat ik het was. Pas als ik vlak voor haar ogen iets zou doen wat nooit iemand zou durven, zou ze weten dat ik het was.

Tot nu toe had ik er nog geen kans voor gehad. Er waren al twee weken voorbijgegaan, maar ik wachtte geduldig. Het had geen zin om zomaar iets te doen. Ik wachtte tot het moment zich voordeed. Ons moment; en ik wist zeker dat het zou komen.

Het was in de laatste week. Iedereen verwachtte dat we een balspel zouden doen, dat had ze ook beloofd, maar juffrouw Dekker had plotseling andere plannen en ze zei niet eens waarom. Waarschijnlijk wist ze het zelf niet. We moesten en zouden in het wandrek klimmen.

Dit is het, dacht ik. Dit is het moment waarop ik heb gewacht.

Met tegenzin klom iedereen naar boven, terwijl ik niet kon wachten tot ik aan de beurt was. Er was nog maar één iemand voor me. Ik voelde mijn hart sneller kloppen. Nog even en dan was het zover. Eindelijk gaf ze het teken dat ik kon gaan.

En ik ging.

Ik klom helemaal tot boven in het wandrek. In plaats van naar beneden te klimmen, draaide ik me om, zodat mijn voeten naar voren kwamen te staan. Ik verwisselde mijn handen en hing aan mijn gestrekte armen naar voren, met mijn gezicht naar haar toe.

Vanuit de hoogte voelde ik alle blikken op me gericht, maar ik keek alleen naar haar.

Ik hield de spanning er nog even in. Dit moment moest haar de rest van haar leven bijblijven, net als een bevalling.

Ik zag het aan haar ogen die steeds groter werden. En toen liet ik met een stralend gezicht mijn beide handen los.

Ik lag op de tafel bij de oogarts. Hij bracht een verband aan op mijn oog. Door de klap was mijn bril gebroken en was er glas in mijn oog gekomen.

'Kom maar rustig overeind,' zei hij. 'Je hebt een wond in je oog, maar die kan genezen. Ik geef je een tube zalf mee en een recept voor gaasjes en pleisters. Vandaag kun je het zo laten zitten, maar vanaf morgen moet het verband er drie keer per dag af en moet de zalf in het oog worden aangebracht. Heb je iemand die je kan verzorgen?'

Ik keek vol trots naar juffrouw Dekker, die naast me zat. Ella Dekker heette ze. Zo had ze zich aan de oogarts voorgesteld.

Het was precies zo gegaan als ik had gehoopt. Toen ik op de grond lag had ze zich liefdevol over me heen gebogen en verscheen er langzaam een blik van herkenning in haar ogen. Omdat ze me voor het eerst zag had ze nog uren naar me willen kijken, maar ze moest handelen. Ze liet de klas alleen en nam me mee naar de oogarts.

We zaten samen in de auto. Ik zag hoe bezorgd ze was. Toen we bij de oogarts naar binnen liepen sloeg ze een arm om me heen. En nu zaten we voor het eerst als moeder en dochter naast elkaar.

'Heb je iemand die je kan verzorgen?' Een betere vraag had de oogarts niet kunnen stellen. Nu kon ze mij tenminste meteen mee naar huis nemen en zelf verzorgen. Ze zat erbij alsof het heel vanzelfsprekend was dat ik met haar mee zou gaan.

De oogarts lachte naar Ella. 'Ik wil haar over drie dagen terugzien.' En hij gaf haar een kaartje met de datum.

Ik knikte hem toe. Ella zou me met alle liefde van de wereld verzorgen. Ze zou heel voorzichtig de pleisters losmaken en het verband eraf halen. Ze zou bang zijn om me pijn te doen en bezorgd vragen of de zalf niet prikte.

Ella gaf het kaartje aan de oogarts terug en begon te lachen. 'U vergist zich, ik ben haar moeder niet, maar een invalster van haar school. Ze heeft vast wel een ouder die haar kan verzorgen.'

Ik keek Ella geschrokken aan. Ik had nog geluk dat ze er niet pas na een aantal maanden achter kwam dat ze het niet aankon om moeder te zijn. Dat was nog erger geweest. Erger dan de pijn die ik plotseling voelde. Mijn rug, mijn schouders, mijn oog, alles deed me pijn. Nu begon mijn borst ook nog. Ik kon geen adem meer halen en dacht dat ik stikte. Daarom moest ik huilen.

Drie

I

Al mijn bijna-moeders hadden naar me gelachen, geknipoogd en een arm om me heen geslagen. Maar ik kreeg van niemand dat ene belangrijke te horen: of ik bij haar wilde wonen. Ik wist dat ik het uit mijn hoofd moest zetten, maar ik werd gek van verlangen. En de leraren werden gek van mij.

Ik werd dagen met strafwerk in een leeg lokaal opgesloten; een week van school gestuurd, maar niets hielp.

Ik dacht dat het verlangen pas zou stoppen als ik dood was. Maar op een dag ontdekte ik verlangens die ik wel kon bevredigen.

Mijn kamer moest blauw van de rook staan, alsof je een café binnenkwam. Dat was stoer en dan voelde ik me op m'n gemak.

Als het rokerig genoeg was maakte ik mijn haar nat, kamde het naar achteren en zette mijn kraag op. Met een shaggie in mijn mondhoek ging ik voor de spiegel staan. Terwijl ik de rook in kringetjes uitblies bekeek ik mezelf.

Op een dag stond ik daar weer, voor die spiegel, toen ik ineens besefte dat ik me niet hoefde in te beelden dat ik Alex of Henk was. Ik was zélf een jongen. Een jongen die ook borsten kon voelen, want het lichaam dat mijn hand streelde had borsten. Het was een meisjeslichaam.

Ik kon aan het meisje vragen of ze het fijn vond en als ik haar in mijn hoofd hoorde zuchten, kon ik, net als Alex bij Vera, haar trui uittrekken. Ik kon in de spiegel zien hoe mijn handen steeds lager gingen. Ik kon ook tegen haar fluisteren dat ik niet verder ging. Maar als ik haar in mijn hoofd hoorde kreunen, kon ik haar niet weerstaan en ging ik toch door.

Dan zei ik dat ze op bed moest gaan liggen en dan dook ik boven op haar, trok haar slipje uit en ging bij haar naar binnen. Eerst met mijn vingers maar als ze heel opgewonden werd en wilde dat ik dieper ging, greep ik de kaars die in de fles stond en al voor de helft was opgebrand. Ik duwde hem langzaam naar binnen en bewoog hem heen en weer.

De eerste keer was het me overkomen, maar toen ik het eenmaal had ontdekt wilde ik het telkens voelen. Wilde ik telkens weer die jongen zijn. Ik kon nergens anders meer aan denken.

Zodra ik uit school kwam verdween ik mijn kamer in. Ik wist dat het slecht was wat ik deed want ik had wel eens gehoord dat je er rugkanker van kon krijgen. Elke dag nam ik me voor ermee op te houden, maar het verlangen was sterker dan ikzelf.

Een keer was ik vergeten dat de kaars was opgebrand. En het meisje kreunde maar, ik moest er iets aan doen. De hamer waarmee ik een poster had opgehangen, was het enige wat ik zag liggen en ik duwde de houten steel naar binnen. Ineens besefte ik dat de hamer al jaren in de gereedschapskist lag. Het ding zat vol bacteriën! Ik zou ziek worden. Ik zou een ontsteking krijgen. Ze zouden erachter komen wat ik had gedaan. Maar ik werd niet ziek.

Ik legde de hamer terug in de gereedschapskist. Een paar dagen later zag ik papa met dezelfde hamer een spijker in de muur slaan.

Het bleef niet bij mijn kamer. De jongen die ik was wilde het meisje in het park in de bosjes voelen. Overal wilde ik die jongen zijn. Ook op school op de wc. En op een dag wilde hij in het ziekenkamertje met het meisje vrijen.

Ik ging naar juffrouw Bont en zei dat ik buikpijn had. Ik mocht op het bedje gaan liggen en juffrouw Bont maakte een warme kruik voor me. Ik wist ongeveer hoe lang ze daarover deed. Het was te kort om het meisje uit te kleden maar de jongen kon wel met zijn hand in haar broek. De gedachte dat juffrouw Bont er elk moment aan kon komen was zo spannend dat ik op het bedje op en neer ging. Door het gebonk schoof het een stukje van de muur. Ik luisterde tot ik de steunkousen op de gang hoorde. Toen juffrouw Bont vlakbij was, kwam ik klaar.

De jongen ging steeds meer van het meisje houden, dat was fijn. Maar ik was ook bang dat ik betrapt zou worden en dat ze erachter kwamen dat ik mij een jongen en een meisje tegelijk voelde. En dat ze zeker wisten dat zoiets nooit kon bestaan en dat ze zouden denken dat ik gek was. Dan zag ik mezelf voor me, in het gekkenhuis met mijn handen vastgebonden en helemaal naakt zodat ik goed kon zien dat ik alleen maar een meisje was.

2

Ik zat in de vijfde klas en had bedacht dat dit mijn laatste jaar zou worden. In de zesde leerde je toch niets nieuws meer. Dat was alleen maar voorbereiding op je eindexamen. Alleen maar herhalen wat je allang wist. Ik wist dat juffrouw Bont zou schrikken toen ik het haar vertelde, maar ik kon toch moeilijk voor haar plezier op school blijven. Ze had er geen antwoord op. Diploma, diploma, diploma, dat was het enige wat ze kon zeggen. Mijn oren tuitten er nog lang van na.

Ik bleef kalm en zei dat diploma's voor andere mensen waren bedoeld. Voor als je ging studeren. Ik werd dichter en had op de universiteit niks te zoeken. Ik kende niemand die iets had gestudeerd en echt interessant was. Juffrouw Bont boeide me wel. Maar dat kwam echt niet omdat ze twee keer doctorandus was. Misschien was ze nog wel interessanter geweest als ze geen diploma had gehad, zoals ik later. Als je eenmaal een diploma had, dan was je voorgoed iemand met een diploma. Ook al verscheurde je dat ding of deed je alle moeite om het kwijt te raken, het hielp niets. Het stond overal genoteerd.

Dat zeiden ze niet van tevoren als je aan een opleiding begon. Eigenlijk was het bloedlink. Je begon aan zo'n school als je twaalf was. Dan kon je het niet overzien. En er werd altijd over gepraat alsof het iets fantastisch was. Het werd eenzijdig belicht. Erger nog, men schetste allemaal gruwelbeelden voor diplomaloze mensen. Dan kwam er niks van je terecht. Ik nam me voor om voor eens en voor altijd te bewijzen dat dat flauwekul was.

Aan het einde van het schooljaar had ik wel genoeg geleerd. Ze dachten zeker dat ik maar wat rotzooide, maar ik had een keiharde planning gemaakt. Ik had bedacht dat ik zo'n beetje een jaar voor mijn eerste dichtbundel nodig zou hebben. Dan had ik 'm voor m'n achttiende uitgegeven. Dat leek me een mooie leeftijd. Eerder moest ook weer niet. Als ik mijn eerste gedichten meteen had opgestuurd, was ik al uitgegeven op mijn veertiende. Maar wat had ik daar nou aan? Ik zag het al voor me. Meisje van veertien, groot talent. Leuk, hoor, dat succes. Maar dan bleef je wel altijd dat meisje.

Ik hoefde geen jaren te werken aan mijn bundel want ik had al een flink aantal gedichten geschreven. Dat deed ik als Els hardop leerde. Els was een soort achtergrondmuziek die me inspireerde. Sommige dichters dichtten met Bach op de achtergrond of met Mozart en ik met Els.

3

Els was cum laude geslaagd en iedereen dacht dat ze zou gaan studeren. Maar sinds de verkering met Freek liepen de spanningen tussen papa en Els steeds hoger op. Ze hield het thuis niet meer uit. Freek studeerde, daarom nam Els een baan zodat ze toch konden trouwen.

Els zei dat ik niet moest denken dat ze mij in de steek liet. Ze zou er altijd voor me zijn en als ik het thuis niet uithield moest ik haar bellen. En toen begon ze te huilen, omdat ze voor zichzelf moest kiezen en mij achterliet. En ik troostte haar en zei dat ze heel knap was, omdat ze het langer bij papa en mama had volgehouden dan ik, omdat ze ouder was. En de eerste twee jaar helemaal in haar eentje. En toen moest ze gelukkig weer lachen.

Vanaf het moment waarop Els het huis uit was gegaan, had ik geen gedicht meer geschreven. Ik vond dat eng, omdat ik niet wist of ik het nog wel kon nu Els er niet meer was.

Als ik zou gaan dichten en ik hoorde Els niet op de achtergrond, dan werd ik er vanzelf aan herinnerd dat Els niet meer thuis woonde. En dat wilde ik niet. Ik wilde er niet aan denken dat we nu niet meer samen met papa en mama waren. Dat zij nu een nieuwe familie had gevonden die haar zomaar inpikte. Die net deed alsof er nooit een andere Els had bestaan.

Ik had de kamer van Els gekregen en was daar zogenaamd blij mee geweest. Ik wilde duizend keer liever dat Els er weer was en dat ik vlak naast de huiskamer sliep. Het kon me niks schelen dat ik papa en mama dan weer hoorde ruziën. Ik wilde veel liever dat we weer samen waren. Dat we weer die zussen waren, die wel uit papa en mama kwamen, maar niet bij hen wilden horen. Maar nu waren we die zussen niet meer, want Els was weg. Els had zelfs een andere achternaam gekregen.

Els was nu gelukkig en daar moest ik blij om zijn. En dat wilde ik ook zijn. Maar wat moest ik nou in m'n eentje? Ik wilde niet kunnen dichten zonder Els. Dan had het allemaal niks betekend.

Wie wilde er eigenlijk dichter worden? Dat was de zus van Els. Maar de Els over wie iedereen sprak, van wie ze allemaal hoge verwachtingen hadden omdat ze overal talent voor had, de Els van vroeger, die bestond niet meer. De Els van nu kon niet bijzonder meer zijn. In plaats van actrice te worden of professor die over de hele wereld lezingen gaf, moest ze geld verdienen, omdat ze het thuis niet meer uithield.

Ik kreeg het warm en dan weer koud. Ik bedacht dat ik kon roken om mijn gedachten te stoppen, maar mijn kamer stond nog blauw en het bed was nog warm. Ik kon op mijn brommer mijn gedachten verdrijven. Dat deed ik wel vaker. Dan sprak ik met mezelf af dat ik nergens voor mocht remmen en vloog ik vol gas door Amsterdam. Ik kreeg een kick van elke voetganger op het zebrapad die achteruitdeinsde en van elke auto die voor mij stilhield.

Ik startte mijn brommer en reed naar de De Lairessestraat, een van mijn favoriete routes omdat er veel stoplichten waren. Ik had pech, de eerst twee stoplichten stonden op groen. Pas bij het derde stoplicht werd het spannend, want het sprong op rood toen ik eraan kwam.

Ik zag dat ik niet kon uitwijken omdat er veel te veel mensen op de stoep liepen. Van rechts kwam een vrachtwagen, maar ik gaf hem geen voorrang. Ik wilde juist dat hij voor mij remde. Het zou de eerste keer zijn dat een vrachtwagen voor mij moest stoppen.

Ik hoorde de piepende banden over het asfalt schuren, maar doordat hij zo'n vaart had schoot hij een eindje door en moest ik toch remmen.

De chauffeur tikte geschrokken op zijn voorhoofd.

'Wat nou?' riep ik en ik keek hem brutaal aan.

Hij sprong uit de auto en gaf me een keiharde klap in mijn gezicht.

Ik vertrok geen spier, stapte op mijn brommer en reed weg. Ik zag dat het volgende stoplicht op rood sprong. En vol gas reed ik door.

4

Het begon in mijn zij, een zeurderige pijn die uitstraalde naar mijn rug. Dit is het, dacht ik. Nu had ik ruggenmergkanker en ik zou langzaam doodgaan. Ik had moedwillig mijn leven op het spel gezet. Ik zou mijn nieuwe moeder niet te zien krijgen. Dat vond ik nog het ergst, dat ik nooit zou weten wie ze was. Ik had niet alleen mijn eigen leven verknald, maar ook dat van haar.

Niemand zou medelijden met me hebben, omdat het mijn eigen schuld was.

Mama kon mij niet verzorgen, omdat ik kanker had en daar kon ze niet tegen. Dat had ze gemerkt toen opa ziek was. In het begin zocht ze hem nog wel op, omdat het nog niet bekend was dat hij longkanker had. 'En toen was hij ook nog niet zo broodmager,' zei mama. De laatste keer dat ze opa zag, vond ze hem net een aangekleed skelet. Mama zei dat het geen gezicht was, dat hij alleen nog maar zijn ogen dicht hoefde te doen. Als ze dat had geweten, was ze niet naar hem toe gegaan. Ze wist zeker dat papa het wist. 'Je kunt mij nog meer vertellen,' zei mama. 'Je weet toch wel of je eigen vader kanker heeft? Maar je hebt expres je mond gehouden. Je hebt me er gewoon ingeluisd.' Mama zei dat het niet erger had gekund. 'Je vader gaf bloed op waar ik bij zat. En hij duwde het spuugbakje nog onder mijn neus ook.'

'Wat moest-ie dan?' vroeg papa. 'Het zelf opruimen? Daar is-ie veel te zwak voor.'

'Als hij zo zwak is hoort hij niet meer thuis te liggen,' zei mama. 'Dan moet-ie zich laten opnemen. Het ziekenhuis ligt vol mensen die kanker hebben en doodgaan.' Hij moest het zelf weten als hij eigenwijs was, maar daar hoefde zij niet naar te kijken. Ze had die nacht geen oog dichtgedaan.

Papa zei dat het nog maar het begin was, dat opa nog wel een jaar kon blijven leven. Dat het toch wel een beetje raar was als ze zomaar wegbleef.

'Als je wilt dat ik nog eerder dood ben dan je vader,' zei mama, 'dan moet je me daar nog eens heen laten gaan.'

Als mama zou horen wat ik mankeerde liet ze me meteen opnemen. Maar in het ziekenhuis zouden ze me ook niet willen helpen. Ik nam me voor niemand iets te vertellen. Als het erger werd, zou ik pijnstillers slikken, net zo lang tot ik ineens dood was.

Ik stopte meteen met masturberen, daardoor rookte ik nog meer en croste ik op de gekste tijden op mijn brommer door de stad. Maar toen de pijn bleef, zag ik het nut er niet meer van in om mezelf in te houden. Wat maakte het nog uit, ik ging toch dood.

Ik kon er geen peil op trekken. Soms kwam de pijn elke dag en dan zat er weer een week tussen. Ik hield het voor me, tot ik op school een aanval kreeg, onder de les. Het was zo erg dat ik niet eens kon blijven zitten.

Juffrouw Bont schrok toen ze me zag.

'Ga maar gauw liggen.' En ze nam me mee naar het ziekenkamertje.

'Nee,' zei ik. 'Alstublieft niet in het ziekenkamertje.'

Ze begreep er niks van en ik kon haar ook niet vertellen dat ik daar juist ziek was geworden. Ze dacht dat ik niet alleen durfde te blijven en ging bij me zitten. Ze liet de conciërge een kruik maken, maar het hielp niet. Weer rolde ik op het bedje heen en weer, maar nu van de pijn.

Juffrouw Bont belde haar eigen huisarts. Hij was er zo, onderzocht me en gaf me morfine. Langzaam voelde ik de pijn wegtrekken, maar ik werd ook slaperig. In een roes hoorde ik hem zeggen dat hij wel een vermoeden had wat mij mankeerde, maar dat hij het niet zeker wist. Hij wilde dat ik foto's liet maken in het ziekenhuis en schreef een verwijsbrief met het telefoonnummer erop dat ik moest bellen.

Ik kon er niet meer onderuit, want juffrouw Bont maakte meteen een afspraak voor me.

Mama was helemaal overstuur toen ik thuiskwam.

'Je wordt bedankt,' zei ze. 'Net nu ik op vakantie zal gaan word jij ziek.'

De psychiater had mama aangeraden op wintersport te gaan. Hij dacht dat wandelingen door de sneeuw haar rustig zouden maken. Over twee weken zou ze vertrekken.

'Jaar in jaar uit zit ik hier opgesloten,' zei mama. 'En nou krijg ik de kans om weg te gaan en dan begin jij.'

Ik werd kwaad en wilde zeggen dat ik ook niet voor mijn lol ziek was, maar ik wist donders goed dat het juist door mijn eigen lol kwam, dus ik zei maar niks.

'Als je in het ziekenhuis komt te liggen, is er geen probleem,' zei mama. 'Dan kan ik wel weg. Maar je zult zien dat je er net uit komt als ik wil vertrekken en dan kan ik je verplegen. Ik loop m'n benen uit mijn gat naar de psychiater, maar ik kan mezelf beter de moeite besparen. Er is hier toch altijd wel iemand die het voor mij verpest. Jullie schijnen niet te willen dat ik beter word.'

'Misschien valt het mee,' zei papa toen hij het hoorde. Maar ik wist dat het helemaal niet mee zou vallen.

5

Ik zou de uitslag van de foto's krijgen en zat in de wachtkamer van het ziekenhuis. Ik had al tien keer iets anders bedacht om tegen de specialist te zeggen. En nu was ik eruit. Ik zou vertellen dat ik dacht dat het in mijn genen zat. Maar vlak voor ik naar binnen mocht bedacht ik ineens dat de moeder van papa ook heel jong was gestorven en dat ze er nooit achter waren gekomen waaraan. Misschien had ik die drang om te masturberen wel van haar geërfd. Als ik over die genen begon was zij er ook meteen bij, want ze waren niet gek natuurlijk.

Ik kon beter zeggen dat ik die pijn altijd al had gevoeld, al toen ik heel klein was. Mijn naam werd afgeroepen en er ging een rilling door me heen. Maar ik herstelde me. Ik mocht niet als een bang vogeltje binnenkomen, dan gaf ik al meteen toe dat ik schuldig was. En rechtop met een stoere blik liep ik de spreekkamer in. De specialist zat achter zijn bureau.

'Ga zitten,' zei hij. En hij stond op en wees op de foto's die tegen een lichtbak hingen. 'Zie je dat lichte plekje?'

Het verbaasde me dat het gezwel nog zo klein was na al die keren dat ik had gemasturbeerd.

'Dit lichte plekje is een niersteen,' zei hij.

Ik kon het niet geloven en dacht dat hij mijn foto met die

van een ander had verwisseld. 'Daar komt die pijn van,' zei hij. 'En de steen kan je nieren ook beschadigen, dus hij moet eruit.'

Langzaam drong het tot me door dat ik me voor niks zorgen had gemaakt. Hij vertelde dat de steen op een gunstige plek zat, dat hij eerst wilde proberen hem te vergruizen, zodat ik hem uit kon plassen.

Het kon me allemaal niks schelen. Al zou hij me nu meteen op de operatietafel leggen, ik had geen ruggenmergkanker!

Hij zei dat hij me niks kon beloven. Als het niet lukte moest ik toch geopereerd worden. Ik knikte met een stralend gezicht.

Ik had geen ruggenmergkanker. Dat was het enige waaraan ik kon denken.

Op de terugweg stopte ik in het Amsterdamse Bos. Dit moest ik vieren.

6

Ik moest minstens vijf liter per dag drinken, dat had de specialist gezegd. Dat betekende dat ik drie liter mee naar school moest nemen, anders redde ik het niet. Ik dacht aan thee, maar een thermosfles zag er niet stoer uit. Het moest iets zijn waar iedereen wel zin in had, en dus nam ik twee flessen cola en een fles Seven-up mee naar school.

Met de cola had ik het meeste succes. De flessen werden goed geschud achter op de brommer en als ik de dop er dan afhaalde spoot het schuim door de klas.

Het irriteerde de leraren dat ik elk kwartier de fles aan mijn mond zette, maar ze konden er niks van zeggen. Want juffrouw Bont had een briefje in het klassenboek gelegd waarop stond dat ik tijdens de les mocht drinken.

De specialist had me ook aangeraden van de trap te springen, zodat de steen los kon komen. Hij had niet gezegd hoe vaak. Als ik geen zin meer had om het gezeur aan te horen liep ik de les uit.

'Even springen,' zei ik dan. En dan kon ik mooi een sigaretje roken.

Thuis kreeg ik weer een aanval, en dit keer verloor ik bloed. Mama belde in paniek de dokter. Hij nam contact op met het ziekenhuis en binnen een kwartier stond er een man van de GGD op de stoep. Hij was door het ziekenhuis vooruitgestuurd om na te gaan of het geen vals alarm was. Hij belde een ambulance.

'Godzijdank,' zei mama. 'Misschien kan ik dan toch nog op vakantie.'

Ze zocht wat spullen voor me bij elkaar en vroeg of ze haar wilden bellen zodra ze meer wisten. Maar de man zei dat mama mee moest.

'Dat kan ik er niet bij hebben,' zei mama. Ze wilde niet doodziek op vakantie gaan. Het ziekenhuis zat toch niet op nog een patiënt te wachten. Maar van de man moest mama het opnameformulier invullen.

Mama vond het onzin. Ik was oud genoeg om zelf mijn woordje te doen. Maar de man hield vol dat ze een handtekening van een van de ouders nodig hadden omdat ik minderjarig was.

'Dan moet mijn man maar mee.' Mama probeerde papa te bellen, maar die nam niet op. 'Dat zul je altijd zien, die linkmiegel houdt zich weer schuil.' Mama was van plan net zo lang aan te houden tot papa opnam, maar een broeder van de ambulance belde aan en ze moest mee.

Achteraf vond ik het allemaal erg overdreven. Ze stelden mama vragen alsof ik de rest van mijn leven in het ziekenhuis zou blijven. Ik werd niet eens geopereerd. Alleen een narcose kreeg ik, en toen spoelden ze mijn nier door.

Toen ik wakker werd had ik nog niks in de gaten. Ik zag de steen op het kastje liggen en dacht dat ik meteen mocht opstaan. Maar de dokter zei dat ik nog moest herstellen.

7

Een week moest ik rust houden.

'Die is zo om,' zei papa. 'Zeker met je vader zo dicht in de buurt. Ik werk hier nog geen tien minuten vandaan. Als er iets is, spring ik in de auto en ben ik zo bij je. Daar hoeft mama haar vakantie niet voor af te zeggen.'

En dus ging ze.

Ik lag al drie dagen in bed. 's Middags zou Josje komen. Het was al middag. Of was ze al geweest en kon ik me er niks van herinneren? Wie waren er nog meer langs geweest en wat hadden ze gezegd?

Mijn gedachten sloegen op hol. Ik kon ze niet meer stoppen. De narcose, het kwam door de narcose. Mijn gedachten waren veranderd. Alles was veranderd. Ik keek naar mijn armen en benen. Waren die wel van mij? Hoe wist ik dat ze van mij waren? En mijn stem, deed die het nog? Ik kon 'm wel horen, maar konden anderen mij ook horen? Ik moest weten of mijn stem nog werkte en draaide een willekeurig nummer.

'Hallo,' klonk het. 'Met mevrouw De Groot.'

'Hoort u mij?' vroeg ik. 'Kunt u mij verstaan?'

'Jazeker,' zei ze. En toen hing ik op. Even was het rustig in mijn hoofd, maar toen begon het weer. Ik wist niet meer of ze me nog wel konden zien en ik ging voor het raam staan. Ik zwaaide naar de mensen die buiten op het plein liepen, maar ze zagen me niet. Ik tikte tegen het raam en zwaaide. Ze keken wel op, maar liepen door. Ik bleef maar tikken en zwaaien. En toen zwaaide er eindelijk iemand terug.

8

Mevrouw Klei belde me op om te vragen hoe het met me was. Dat was niks bijzonders, ze was onze klassendocent. Ze schrok toen ze hoorde dat ik alleen thuis was, en dat ik dat ook nog heel gewoon vond. Maar toen kwam het: 'Wil jij soms bij mij thuis uitzieken?' vroeg ze. 'Dan heb je iemand die voor je zorgt en ben je niet zo alleen.'

Hallo, ik wist niet wie dit allemaal bestuurde, maar er moest iets zijn misgegaan. Ik zocht een moeder en nou kreeg ik een verpleegster op mijn dak.

Het was niet te hopen dat mijn moeder terecht was gekomen bij iemand die om een verpleegster had gebeden.

Niets ten nadele van verpleegsters. In het ziekenhuis hadden ze fantastisch voor me gezorgd. Als een moeder, maar dat was niet verwarrend, omdat ze een uniform droegen. Maar mevrouw Klei liep echt niet met een wit schort door het huis als ze mij verpleegde.

Het kwam erop aan dat ik het kon scheiden, dat ik niet stiekem ging denken dat ze mijn nieuwe moeder was.

'Denk er maar over na,' had ze gezegd, en dat had ik gedaan. Ik besloot dat ik het kon, dus belde ik haar terug.

9

'Zeg maar Eva,' zei ze. 'Iedereen noemt me Eva. Mevrouw is zo afstandelijk.'

Ze had gelijk. In haar huis hoorde helemaal geen mevrouw. Er stond geen bankstel waar een mevrouw op hoorde te zitten. Alleen een oude fauteuil die hier en daar kapot was. En een ronde tafel met een paar stoelen eromheen. Er was geen televisie waar een mevrouw 's avonds voor zat.

De muren waren niet bekleed met behang dat door een mevrouw was uitgezocht, maar geverfd in een warme oranje tint die Eva zelf had gemengd.

Op de grond lag geen tapijt dat een mevrouw kon stofzuigen, maar zwart-wit geblokt zeil, dat Eva elke avond veegde.

Eva was de moeder van Joris, die vier jaar was.

Op school werd over Eva geroddeld omdat ze geen man had, ook door de leraren. Maar daar, in het huis, was het heel vanzelfsprekend dat ze alleen Joris had.

Eva had veel vrienden, maar ook bewonderaars.

's Avonds als Joris in bed lag, gaf ze schilderles en dan kwamen de bewonderaars binnen. Vol trots dat ze bij haar mochten zijn. Na afloop zaten ze om haar heen. Sommigen gingen naar huis. Alleen de uitverkorenen mochten met Eva een fles wijn leegdrinken. En dan lachten ze om Eva en vertrouwden haar al hun geheimen toe. En ik zat daar dan, in de grote leren stoel, en had me nog nooit zo veilig gevoeld.

Als Eva me een welterustenkus gaf, hield ze me vast zoals nog nooit iemand me had vastgehouden. En als we met z'n drietjes aan tafel zaten, keek ze soms naar me zoals nog nooit iemand naar me had gekeken. Ik had vissticks met andijvie nog nooit zo lekker gevonden, en nog nooit met zo veel plezier de tafel af-geruimd.

Ik sliep boven in het atelier op een dun matrasje op de grond. Maar elke morgen werd ik met een gelukkig gevoel wakker. Dan kroop Joris bij me in bed en aaide me door mijn haar. En als ik hem een verhaaltje vertelde, dan zei hij dat ik zijn grote zus was.

10

Papa belde om te vragen hoe het ging en wat Eva van hem kreeg omdat ze kosten voor mij maakte.

Ik zei dat Eva geen geld wilde, dat had ze me uitdrukkelijk gezegd.

'Die is goed gek,' zei papa. 'Kan ze ons niet alledrie in huis nemen? Lekker voordelig.'

En hij vertelde lachend dat mama had gebeld. Ze wilde dat hij een afspraak voor haar maakte bij de oogarts. Mama had gezegd dat ze haar wel eens van tevoren hadden mogen waarschuwen. Dat je het geen zon meer kon noemen daar boven in de sneeuw, maar een vuurbal. Haar ogen waren uit hun kassen gebrand. Ze waren vuurrood. Ze had eeuwig spijt dat ze niet zelf een sneeuwbril had uitgezocht. Ik wist dat papa er een van een klant had geleend. Mama vroeg zich af wat daar voor glazen in zaten. Als de zon erop scheen, begonnen haar ogen te smeulen.

Papa zei dat hij blij was dat mama niet zo veel kleingeld had, dat ze anders nog uren was doorgegaan met dat geklepzeik van 'r. Ze had moeten ophangen.

'Tot ziens dan maar,' had papa gezegd.

'Laten we het hopen,' had mama geroepen. 'Laten we hopen dat ik jullie nog kan zien.'

Ik had de hoorn er al een tijdje op gelegd toen Eva vroeg of ik soms bij haar wilde blijven. Natuurlijk vond ik het heerlijk om bij Eva te wonen, maar ze bood me een veilige plek aan, meer niet. Als het mij daarom te doen was geweest, had ik ook wel bij juffrouw Bont kunnen gaan wonen. Dat ze zo oud was, daar had ik dan wel overheen kunnen stappen. Ik voelde steeds vaker dat ik wilde dat Eva mijn moeder was en dat had ze niet gezegd. Ik wist niet of ik het wel aankon om alleen haar logé te zijn. En ik zei dat ik erover moest nadenken.

Toen ik 's morgens beneden kwam zat Eva aan het ontbijt in haar lichtblauwe duster. Ik ging op mijn plaats zitten. En ineens wist ik dat ik die plek niet meer wilde missen.

'Ik blijf,' zei ik.

II

Als je de zware deur van het huis aan het Singel openduwde, dacht je dat je verkeerd was. Dan zag je in grote kale ruimtes mensen achter tikmachines zitten. En als je niet uitkeek botste je bijna op tegen iemand die met een map papieren in de hand de gang overstak.

Twee etages lang.

Maar als je hoger ging, waar de trap steiler en smaller werd, dan kwam je bij een deur die op slot zat. Waar niemand zomaar naar binnen kon, maar waar ik de sleutel van had.

En daarom was ik er zo trots op en legde ik als ik op school zat de sleutel voor me op tafel, zodat ik er steeds naar kon kijken. Want dat was het bewijs dat ik erbij hoorde. En wat ik niet kende: ik wilde er ook bij horen.

Eigenlijk wilde ik er de hele dag over praten, maar ik had het nog aan niemand verteld. Ik durfde nog niet toe te geven hoe gelukkig ik was als we met ons drietjes thuis waren. Dat ik met plezier mijn huiswerk maakte, omdat Eva het zo belangrijk vond dat ik overging. Dat ik vaak als ik vanaf het Spui door de smalle straat op mijn brommer het Singel op kwam rijden op de brug bleef staan kijken naar het huis aan de overkant waar ik nu woonde.

Dat mijn hart sneller ging kloppen bij de gedachte dat ik daar naar binnen mocht. Dan dwong ik mezelf te blijven staan omdat ik het nog even wilde uitstellen. En pas als ik het echt niet meer uithield, startte ik mijn brommer en reed ik ernaartoe. Ik zou niet toegeven dat ik soms expres wakker bleef liggen om ervan te genieten dat we met z'n drietjes op de bovenste etage sliepen. En dat dat voelde of de lucht die ik inademde veel lichter was dan thuis, waardoor ik mooie dromen had.

Niemand mocht het nog weten, want ik voelde me ook schuldig. Schuldig, omdat ik mama had verlaten nu ze op vakantie was.

Maar minstens even pijnlijk was de gedachte dat papa me zomaar had laten gaan. Hij had me met het grootste gemak laten vertrekken naar een plek waar hij nog nooit was geweest en hij liet me wonen bij iemand die hij niet eens kende.

Ik had gedacht dat ik hem zou moeten overtuigen, maar dat was niet nodig.

'Als jij daar wilt wonen, dan doe je dat toch?' zei hij.

'En mama dan?' vroeg ik.

Papa haalde nonchalant zijn schouders op. 'Dan had ze maar niet op vakantie moeten gaan.'

Ik was opgelucht dat hij het me zo gemakkelijk had gemaakt. Maar zijn luchtigheid maakte ook duidelijk dat ik niks voor hem betekend had. Els zou hij hebben tegengehouden, dat wist ik zeker. En mij ook, als ik een jongen was geweest.

12

Mama kon niet aan de telefoon komen, omdat ze zo'n last had van haar ogen. Ze wilde ook niet dat ik langskwam. Ze was bang dat ik een of andere kinderziekte van Joris mee zou brengen.

Ze kreeg van de oogarts zalf en een paar weken later was haar oogziekte over.

'Het is een godswonder dat ik niet blind ben geworden,' zei mama toen ik haar opzocht. Ik had gedacht dat ze kwaad zou zijn, maar ze zei er niks over dat ik nu bij Eva woonde. Alleen dat ze kon ruiken dat ik uit een oud huis kwam. Ze hoopte niet dat haar hele kamer stonk als ik straks weg was. Ze hing mijn jas op het balkon en vroeg of Eva wel goed luchtte.

Ik was er nog maar kort, toen de telefoon ging. Ik dacht dat het papa was, maar die kwam net binnen. Het was een man en hij vroeg naar mama.

'Dat was 'm,' zei mama toen ze oplegde.

'Wie?' vroeg ik.

'Heeft papa het je niet verteld? In de vakantie ben ik met een banketbakker opgetrokken. Een reuze aardige man, hij komt even langs. Leo heet hij. Hij heeft er geen gras over laten groeien. Die man is smoorverliefd geworden.'

'Als ik weg moet, dan zeg je het maar,' zei papa.

'Hoezo?' vroeg mama. 'Je mag er best bij blijven. Dan zul je zien wat een fijne vent hij is. Bij zo'n man was ik nooit ziek geworden. Hij heeft geen vrouw, maar anders had hij haar in de enkele boter gebakken.'

'Weet je het zeker?' zei papa. 'Dat is wel vet, hoor.'

Mama hoorde hem niet eens, zo opgewonden was ze. 'Die man heeft de hele vakantie voor me gezorgd. Ik had me geen raad geweten als hij er niet was geweest. Ik wil jou nog wel eens horen als je ergens wildvreemd bent en je ogen begeven het. En wandelen dat hij kan! En we liepen niet zoals met jou de hele tijd in rondjes, nee, hij stippelde prachtige routes uit.'

'En ik dacht dat je niks zag,' zei papa.

'Hij is op en top een heer.' Mama zei dat ze heus wel gemerkt had dat bij bezeten van haar was, maar hij had geen enkele toespeling gemaakt, omdat hij wist dat ze getrouwd was. Als hij kwaad had gewild, had hij in de bergen gelegenheid genoeg gehad. Maar hij had zich voortdurend ingehouden. 'Daar kan je vader nog een voorbeeld aan nemen.'

'Lijkt hij op papa?' vroeg ik.

'Totaal niet,' zei mama. 'Zeg maar gerust dat ze elkaars tegenpolen zijn. Leo is door en door goed, en dat kun je van je vader niet zeggen.' Mama vertelde dat hij vrijgezel was en dat ze zo bij hem in kon trekken als ze wilde.

'Altijd doen,' zei papa.

'Man, doe niet zo raar,' zei mama. 'Ik ben getrouwd.'

'Voor een zacht prijsje kan hij je zo meekrijgen,' zei papa. 'Dat zal ik straks wel met hem regelen.'

'Als je je mond maar houdt,' zei mama. 'Ik weet niet of ik wel met een banketbakker wil.'

'Je houdt toch zo van gebak?' vroeg papa.

'Daarom juist,' zei mama. 'Als ik elke dag gebak moet eten, word ik vierkant.'

'Dat heeft-ie vlug gedaan,' zei mama toen er na een halfuur werd gebeld. 'Hij komt helemaal uit Den Haag.'

'Dat kan niet,' zei papa. 'Den Haag-Amsterdam rij je niet in een halfuur.'

'Jij niet,' zei mama. 'Dat komt omdat die zeepkist van jou altijd aangeduwd moet worden. En als-ie eindelijk rijdt, moet je onderweg tien keer stoppen om je spatbord op te rapen. Maar die man heeft een echte auto.'

'Dan nog kun je niet in een halfuur vanuit Den Haag hierheen rijden,' zei papa. 'Of hij is op z'n houten poot hierheen komen vliegen.'

Mama zei dat papa zijn mond moest houden omdat ze Leo op de trap hoorde.

Hij leek me wel een aardige man. Hij had gebak meegenomen voor bij de thee. Hij zei dat hij maar heel even langskwam, alleen om te zien hoe het met mama's ogen ging.

'Uitstekend,' zei papa. 'Ze had heimwee naar mij, dat was alles.'

Leo lachte om alle grapjes van papa, maar ik kon merken dat hij er eigenlijk niks aan vond. Maar ook toen mama uitgebreid vertelde wat de oogarts allemaal gedaan had, zag ik dat hij stiekem op zijn horloge keek.

Zodra de thee op was stond hij op.

'Hoe vond je hem?' vroeg mama toen ze de deur achter hem dichtdeed.

'Hij leek me wel aardig,' zei ik.

'Is hij ook,' zei mama. 'Maar wat vond je van zijn gebak?'

'Lekker,' zei ik.

'Ik niet.' Mama trok een vies gezicht. 'Geef mij maar het gebak van Salden.'

'Daar gaat het toch niet om,' zei papa.

'Daar gaat het wel om,' zei mama. 'Die man is banketbakker van beroep. Als ik daar iets mee begin moet ik de hele tijd dat vieze gebak eten.'

'Als hij verder nou zo'n fantastische man is,' zei papa.

'Je wilt wel graag van me af, hè?' zei mama. 'Dan moet ik je teleurstellen, want ik ga niet met hem verder. Ik wil hem niet aan het lijntje houden. Zodra hij belt zal ik het tegen hem zeggen.'

Maar Leo liet nooit meer iets van zich horen.

13

Ze kwamen twee keer per week: de dames van de teken- en schildercursus. Officieel om acht uur, maar meestal ging de bel al om kwart voor acht. Ze schenen er plezier in te hebben om elke keer de boel te verstoren, want ze staken glimlachend hun hoofd om de deur.

De intieme sfeer die we met ons drietjes hadden was dan meteen verpest. Alleen maar omdat zij zo nodig wilden leren schilderen. En dat werd toch niks, dat kon ik ze zo vertellen.

Die mensen hadden geen gevoel. Hoe kun je nou een mooi schilderij maken als je geen gevoel hebt?

Als ze maar een greintje gevoel hadden gehad, zouden ze wel anders de trap naar het atelier op zijn gegaan. Dan hadden ze mij eerst even aangekeken.

Ik maakte mijn huiswerk daar en niet alleen dat, ik sliep er elke nacht, dus was het ook een beetje mijn ruimte. Ik had mijn schoolboeken expres op tafel uitgestald. Je moest blind zijn om dat niet te zien. Maar ze trokken zich niks van mij aan. Aan het begin van elke les klapten ze hun schildersezel uit alsof het atelier van hen was. Ze pikten niet alleen het atelier in, maar ook Eva, met het grootste gemak, de hele avond. Terwijl Eva echt veel liever beneden zat, bij mij. Zij draaiden alles om en deden of die cursus er voor Eva's plezier was. Daar vergisten ze zich lelijk in. Omdat Eva op school niet genoeg uren had, had ze geld nodig en daar maakten zij misbruik van.

Kon ik de bel maar afzetten, zodat Eva ze niet hoorde. Of naar beneden roepen dat ze allemaal moesten ophoepelen. Dat dacht ik elke maandag- en dinsdagavond als die rotbel weer ging.

Alle cursisten waren al boven toen er een vreemde vrouw binnenstapte. Ik dacht dat het een nieuwe cursiste was, maar Eva nam haar mee de kamer in.

'Fijn dat u er bent,' zei ze. En ze hield de deur naar de badkamer open.

'Hier kunt u zich uitkleden,' zei Eva en ze ging zelf naar boven.

Een paar meter van mij vandaan was een vreemde vrouw zich aan het uitkleden. Ik kon de rits van haar jurk zelfs horen.

'Het model is er,' hoorde ik Eva zeggen. En toen wist ik wat ze kwam doen. Er kon elk moment een naakte vrouw uit de badkamer stappen. Ik moest mijn Engelse woordjes leren, maar ik keek maar naar de deur. Toen die openging voelde ik dat ik rood werd, maar in plaats naakt de kamer in te stappen, had ze een badjas aan. Ze knikte even en liep naar boven. Ik vroeg me af of ze helemaal naakt was onder die badjas of dat ze haar slipje en bh aanhad. Er was maar één manier om daar achter te komen en ik stond op en liep naar de badkamer. Ik probeerde de deur zo gewoon mogelijk open te doen, alsof ik naar de wc moest. Op de wasmachine zag ik haar bh liggen en vlak ernaast haar slipje. Ik pakte het slipje en rook eraan. De geur wond me op, vooral omdat de vrouw die erbij hoorde, boven naakt in de ruimte zat waar ik sliep. Ik moest weten hoe ze er zonder badjas uitzag.

Dat was niet gemakkelijk, omdat de deur van de kamer altijd geluid maakte als je hem opendeed. Ik probeerde het zo voorzichtig mogelijk, maar er kwam toch een zacht klikje. Ik

wachtte af of Eva het had gemerkt, maar ik hoorde haar gewoon doorpraten en sloop de trap op. Ik kwam niet verder dan
de derde tree, die kraakte. Het was onmogelijk het model naakt
te zien. Maar toen ik weer aan mijn huiswerk zat, zag ik haar de
hele tijd voor me.

Het was de eerste keer dat ik in het huis van Eva masturbeerde.

14

Nog geen halfjaar geleden kwam ik met een nieuwe bril op school. Iedereen deed of ik een metamorfose had ondergaan. Niet alleen de leerlingen maakten er opmerkingen over, de leraren ook.

Maar nu ik totaal veranderd was, merkten ze het niet eens op.

Als het nou heel geleidelijk was gegaan, dan kon ik het nog begrijpen, maar de verandering was ingezet op het moment dat ik bij Eva binnenstapte en nu, na een paar weken, was alleen mijn naam nog hetzelfde.

Ik had altijd het gevoel gehad dat ik uit losse stukken bestond. Maar nu was ik voor het eerst van mijn leven een geheel. En daardoor kon ik ook beter stilzitten en rustiger denken en was het niet zo'n warboel in mijn hoofd.

Ik had het iedereen wel willen vertellen, het met grote letters op het bord in de hal willen schrijven, maar het probleem was dat ik niet wist hoe ik mijn nieuwe gemoedstoestand moest verwoorden.

Zelfs docenten die me bijna elke dag in de klas hadden viel het niet op. Erger nog, ze vonden helemaal niet dat ik was veranderd. Zeker omdat ik nog steeds uit de les werd gestuurd, maar dat kwam juist omdat ze me nog hetzelfde behandelden en dat irriteerde me. Als ze uit hun doppen hadden gekeken en oog hadden gehad voor wie ik nu was en hun aanpak hadden herzien, dan had ik ze niet telkens voor schut hoeven zetten.

Leraren konden zich helemaal niet indenken dat je kon veranderen. Ze bleven zelf ook altijd hetzelfde. Ze hadden dezelfde regels, dezelfde opvattingen en dezelfde saaie baan, hun leven lang. En ze hadden zo hun gedachten over mij en die bleven ook hetzelfde.

Mijn lerares wiskunde was het levende bewijs dat veel dingen waar mensen waarde aan hechten flauwekul zijn.

'Je moet kijken,' zei ze als ze een kubus op het bord had getekend en ik niet een, twee, drie kon zien welke denkbeeldige lijnen elkaar raakten. 'Kijken moet je!'

Alsof ze zelf haar ogen gebruikte. Ze zag dan wel de lijn van haar kubus lopen die ze al honderdduizend keer had voorgekauwd, maar de lijn waar het echt om ging, die van mij naar Eva liep, die zag ze niet.

Eva wilde dat ik op wiskundebijles ging. Nou was het niet zo dat ik klakkeloos alles deed wat Eva zei. Deze week nog had Monique een feest gegeven en was ik tot midden in de nacht gebleven terwijl ik om halfelf thuis moest zijn. Maar wat die bijles betrof lag het anders. Ik protesteerde wel, maar Eva had de afspraak voor de eerste les al gemaakt en die kon niet meer worden teruggedraaid.

Liesbeth heette mijn bijleslerares en ze studeerde nog. Ik wist niet goed wat ik me moest voorstellen bij iemand die wiskunde studeerde. Dat was toch wel het allerlaatste wat ik zou kiezen.

Toen ik aanbelde deed een vrouw open. Ik had me op een dufferik voorbereid, maar het chagrijn dat in de deuropening stond was erger. Ik wilde bijna zeggen dat ik me in het huis had vergist toen ze de hospita bleek te zijn.

Ik moest twee trappen op en dan een deur door. Ik kwam

langs een wasrek. Hoe moest ik weten welke deur ze bedoelde? Er waren er drie. Zo meteen stapte ik bij de een of andere student Duits binnen en dan had ik voor ik het wist ook nog bijles Duits.

Ik kuchte een paar keer en toen ging er een deur open. Ik zag het meteen. Liesbeth was niet zo'n type als onze eigen lerares, die half blind was. Ze nam me heel aandachtig op. Daardoor begon ik ineens te vertellen, over dingen die ik nooit iemand verteld had. Ik ging maar door met praten, eerst over mama en daarna over dat ik nu bij Eva woonde en me zo goed voelde. Even schrok ik omdat ik nog steeds niet wist hoe ik de verandering precies moest uitleggen, maar Liesbeth keek alleen maar blij. 'Fijn!' zei ze.

15

Ik wist nooit hoe lang de rust zou duren als we 's avonds iets van lego bouwden of met z'n drietjes in de grote stoel zaten en een boekje lazen. Altijd kon de bel gaan. Ik had nog nooit een deur gezien die zo vaak openging. Waarom liet Eva er geen draaideur in zetten? Hier moest je wel eerst aanbellen, maar dat maakte niets uit. Eva deed altijd open, zelfs voor die ene vrouw die beweerde dat ze een vriendin van Eva was.

Het leek wel of Eva vond dat ze haar iets schuldig was, omdat ze vroedvrouw was en Joris had gehaald. Maar dat was haar vak, daar was ze voor betaald.

Een echte vriendin was tegen mij wel aardig geweest, ik hoorde nu toch ook bij Eva. Maar daar kon deze blijkbaar niet aan wennen. Ik wist niet hoe dat kwam. Ze sprak kennelijk alleen tegen kinderen die ze zelf had verlost. Ze kon het niet verdragen dat er ook nog kinderen op de wereld rondliepen waar ze niet aan te pas was gekomen. Die negeerde ze gewoon. Zelfs als zo'n kind bij haar vriendin in huis woonde.

Ze mocht blij zijn dat ze mij niet had gehaald. Vlak na mijn geboorte had mama een zwerende borst gekregen. Ze was heel wat gewend. Ze had ook wel eens erge keelpijn en dan leek het of er met messen in haar keel werd gestoken, maar dit was erger: het voelde alsof een roedel bloedhonden voortdurend hun tanden in haar borst zetten. Mama had wel een kraamhulp, maar die vertrouwde ze de zorg voor haar borst niet toe. Ze wilde niet het risico lopen dat door een fout van een of ander grietje haar borst moest worden geamputeerd. Daarom belde ze voortdurend de vroedvrouw. Had die vriendin van Eva dat soms gewild, dat ze dag en nacht door mama uit haar bed werd gebeld?

Er kwamen vaker mensen die alleen maar in Eva geïnteresseerd waren. Normaal gesproken vond ik dat niet erg, want dan gingen Joris en ik samen spelen; meestal bemoeiden ze zich ook niet met hem. Sommigen trapten zelfs met hun grote poten op de treinrails die op de grond lagen.

Maar deze vrouw pikte Joris ook nog van mij af. Ze kwam het aquarium schoonmaken. Toen ze de vissen aan Joris gaf had ze beloofd elke week het aquarium schoon te houden, omdat Eva er geen tijd voor had.

Iedereen die het verhaal te horen kreeg vond haar gelijk aardig. Ik ook, tot ik haar zag. Ze praatte uitgebreid met Joris over de vissen. Alsof ik niet bestond, alsof het nu ook niet een beetje mijn vissen waren. Sinds ik er was, gaven Joris en ik ze samen eten en we hadden ook alletwee een lievelingsvis uitgezocht die we een naam hadden gegeven.

Het was niet om aan te zien hoe ze met die vissen omging. Ze hengelde ze samen met Joris uit de bak en dan deed ze ze in een pannetje. Ze had ze net zo goed meteen door de wc kunnen spoelen want het water in het pannetje stond veel te hoog. Er sprong er altijd wel een uit die happend naar lucht onder de kast verdween. Ik vroeg me af of ze ook zo met die baby's was omgegaan die ze verlost had. Dan mocht Eva blij zijn dat Joris het had overleefd.

Als Eva de volgende avond de kamer veegde, kwamen er soms een of twee dode vissen onder de kast vandaan, maar daar had ze geen moeite mee. Dood was dood, vond ze. Eva haalde ook wel eens een dode eend binnen die op het Singel was aangereden. Dan aten we 's avonds eend, maar daar had ik geen trek in. De vissen waren veel te klein, anders hadden we die zeker ook op ons bord gekregen.

Ik vroeg die vrouw nog of ik de wacht bij de vissen moest houden als zij het aquarium met vers water vulde. Maar dat wilde ze niet. Dat was zogenaamd het werkje van Joris, een kind van vier. Ik mocht helemaal niks. Ik mocht eigenlijk niet eens bestaan.

Het moeilijkste was nog dat Eva er nooit iets van zei. Ze bleef nog aardig tegen dat mens ook. Daar kon ik niet tegen, en dan ging ik naar boven en sloeg de deur keihard achter me dicht.

Pas als ze weg was, kwam ik weer beneden en dan vroeg Eva wat er was.

'Niks,' zei ik dan. Want als we weer met z'n drietjes waren was het meteen over.

16

Na schooltijd ging ik zo snel mogelijk naar huis. Zodra mijn huiswerk af was, nam ik Joris mee naar het Begijnhof. Dan mochten we om de beurt een rondje op de autoped en dan keken we vol spanning of er een deur openging en er een oudje naar buiten kwam om ons weg te jagen omdat we te veel lawaai maakten.

En vaak gaf Eva ons geld mee en dan aten we poffertjes bij Vamie in de Kalverstraat. Of we gingen met de tram naar het Vondelpark om in de zandbak te spelen.

En als ik van Eva in het weekend bij papa en mama moest logeren, dan ging ik tot diep in de nacht uit zodat ik de volgende dag zo moe was dat ik de halve dag sliep en net op tijd was om weer bij Eva en Joris te eten.

Als Eva zou zeggen dat ik haar dochter was, dan zou ik compleet gelukkig zijn. Maar dat had ze nog steeds niet gedaan. En ik durfde het haar ook niet te vragen. Ik wist dat ik het niet aan zou kunnen als ze zou zeggen dat het niet zo was. Dan sprong ik uit het raam en lag ik morsdood op het Singel, net als die eend.

Soms maakte die onzekerheid mij bang, maar als ik dan bedacht hoe lief Eva voor me was, wist ik dat het goed zou komen.

En ineens zei Eva het, zomaar terloops, terwijl ze de planten water gaf.

Eerst aaide ze Joris door zijn haar. 'Mijn mannetje,' zei ze. En toen tegen mij: 'Jij bent mijn grote dochter.'

Er stond geen moeder voor me die van ontroering in snikken uitbarstte en mij in haar armen sloot. Ze ging verder met planten water geven, net als in een droom waarin iets heel groots gebeurt in een heel nuchtere omgeving.

Het gaf een schok die alles in me verschoof. Een aardschok die iedereen gevoeld moet hebben. Maar alles ging gewoon door. Eva hield haar gieter opnieuw onder de kraan. En het schelle geluid van de bel was er nog steeds, en net als anders maakte Eva de deur open.

Maar het kon me niet meer schelen. Ik was niet langer gewoon het meisje dat bij Eva woonde. Ik was haar dochter.

Eva is mijn moeder. Ik herhaalde de woorden wel honderd keer in mezelf. Ik besloot dat ik Eva bleef zeggen, omdat Joris dat ook deed. Omdat Eva nog schoner was dan moeder. Het stond voor alles wat mooi en lief was. Het was geen toeval dat ze geen Geertruida heette of Cornelia. Ze heette Eva. Drie letters die een hele wereld opriepen, net als God.

17

Ik hield het niet langer voor me. Iedereen kreeg te horen dat ik bij Eva woonde. Binnen een paar dagen was het op school bekend. Ook bij de leraren.

Ik wist dat het voor juffrouw Bont een grote slag moest zijn. De ruimte op haar naamplaatje bij de huisdeur zou niet met mijn naam worden gevuld. Want niet zij, maar Eva was mijn nieuwe moeder. Waarschijnlijk was dat de reden dat ze er nog niks over had gezegd, maar ze stelde me tenminste geen vervelende vragen zoals mijn lerares geschiedenis. Ik kreeg al argwaan toen ze me na de les liet blijven. Ze vroeg of ik al van de ingreep in het ziekenhuis was hersteld.

Kwam ze daar nou nog mee aan? Ik was alweer vergeten dat ik ooit in het ziekenhuis had gelegen. Dit klopt niet, dacht ik. Die wil iets van me. En ik kreeg gelijk.

'Heb ik het goed gehoord dat jij bij mevrouw Klei woont?' vroeg ze.

Ik knikte.

'Het gaat mij natuurlijk niets aan,' zei ze. 'Maar vind je niet dat je mevrouw Klei daarmee belast? Naast haar drukke baan heeft ze ook nog een zoontje dat ze helemaal alleen moet opvoeden. En dan kom jij daar ook nog eens wonen.'

Ik had nooit gedacht dat het kon, dat deze lerares, die me el-ke week twee uur verveelde met haar slaapverwekkende stem waarmee ze klakkeloos opdreunde wat er in het boek stond, dat uitgerekend zij mij kon raken.

Ze had iets gezegd waar ik nog nooit aan had gedacht en waar ik ook niet aan wilde denken omdat het niet waar was. Maar er waren dus mensen die er zo naar keken, mensen als zij.

Ik keek in haar ogen, ogen die nog nooit iets gezien hadden zoals het werkelijk was, en ik walgde van haar. Ik voelde de ver-zameling roze koeken die ik in de pauze achterover had gesla-gen omhoogkomen en wilde zo over haar heen kotsen. Maar het zou niet echt helpen, niet tegen de leugen die in haar hoofd zat en die vernietigd moest worden, voordat hij zich verspreid-de.

Ze maakte me in de war. In paniek wilde ik juffrouw Bont erbij roepen. Zij begreep in elk geval hoeveel er in mijn leven was veranderd sinds ik bij Eva woonde. De gedachte aan juf-frouw Bont maakte me rustiger. Ik zag haar voor me, zoals ze zo vaak naar me keek als ze me gerust wilde stellen. De paniek-gedachten verdwenen. En in de ruimte die daardoor in mijn hoofd ontstond, kwam de oplossing.

'U ziet het helemaal fout,' zei ik. 'Eva zocht iemand die op Joris wilde passen en boodschappen voor haar kon doen. Als ik er niet was geweest, had ze een ander in huis moeten nemen.'

Die zat, ze wist niks meer te zeggen en droop af. Bont had me eruit gered! Ze zou me in moeilijke situaties altijd bescher-men, dat had ze me duidelijk willen maken.

Eva was kwaad.

Ik had een leugen verspreid waarop zij werd aangekeken. Ik was niet de oppas, dat wist ik donders goed. Als ze een oppas had gezocht, had ze wel een advertentie geplaatst. En op een boodschappenmeisje zat ze al helemaal niet te wachten.

Ik wilde niet dat ze zo tegen me sprak. Ze mocht wel kwaad

zijn, maar niet op mij. Ze moest boos zijn op dat mens, dat net deed of ik een opdringerig kind was. Ze had moeten zeggen dat ik haar nooit tot last kon zijn, omdat ik haar dochter was. Maar Eva schaamde zich.

Ik wilde niet meer praten en ging naar boven.

Na een tijdje kwam Eva het atelier binnen. Ze ging naast me zitten en pakte mijn hand. 'Luister,' zei ze. 'Wat wij hier met z'n drietjes hebben is iets heel moois. Daar moeten ze afblijven, snap je dat? Jammer genoeg zullen er altijd mensen zijn die het kapot willen maken. En dat mag niet, daar is het veel te waardevol voor. En dat mooie wat wij hier hebben moet jij beschermen.'

Ik keek naar Eva en zag dat ze tranen in haar ogen had. En toen besefte ik hoeveel ik van haar hield.

18

Eva zag werkelijk alles van me, elke stap die ik zette. Ik moest voorzichtig zijn, veel voorzichtiger dan ik tot nu toe was geweest. Ze vond me niet gelukkig en stelde voor dat ik met een psycholoog zou gaan praten.

Als ze echt dacht dat ik ongelukkig was, dan baseerde ze dat alleen maar op de momenten dat er bezoek kwam. Het moest haar zijn opgevallen dat ik me dan eenzaam voelde, wat me verbaasde. Ik was ervan overtuigd geweest dat ik het voor haar verborgen had kunnen houden. Ik had er nooit iets over gezegd. Ik was alleen een beetje in de war als ze weer weg waren.

Misschien had ze me zien schrikken wanneer de bel ging. Ik besloot erop te letten. Ook nam ik me voor Eva nooit meer te vertellen dat ik buikpijn had als ik bij papa en mama was geweest. Dan ging ze nog denken dat het ernstig was.

Wat moest ik nou vertellen tegen een psycholoog? Dat ik niet mee kon eten toen ik een keer onverwacht bij papa en mama langsging? Dat kon nou eenmaal niet, omdat mama er niet op had gerekend. Ze was niet van plan het eten uit haar eigen mond te sparen omdat ik toevallig in de buurt was. En ik kon ook geen boterham krijgen, want dan had mama niet genoeg brood voor de volgende ochtend. En hoe moest mama dan haar medicijnen innemen? Want dat kon niet op een lege maag. Dat had ze wel eens gedaan en toen had ze vreselijke pijn gehad. Zo erg dat ze de dokter had moeten bellen. Ze hoefde nog net haar maag niet leeg te laten pompen, maar het was een waarschuwing geweest.

'Dan haal je toch eerst brood,' zei papa. 'Je hoeft alleen de trap maar af.'

Mama werd kwaad. Wat dacht papa wel. Als ze zonder medicijnen over straat ging, kreeg ze een aanval en dan kwam ze in Paviljoen Drie terecht.

'Daar hebben ze brood genoeg,' zei papa. 'Het probleem is alleen dat er in zo'n kliniek geen boter te krijgen is. Dat zit allemaal op de hoofden van de psychiaters.'

Eva moest niet denken dat ik het niet durfde te vertellen, maar ik wist nu al wat zo'n psycholoog zou zeggen. 'Dat is naar, meisje, dat je niet bij je eigen moeder mee kunt eten.'

Dat had ik zelf ook al bedacht, waarom had ik anders een nieuwe moeder gezocht?

Het was heus niet altijd gemakkelijk om een nieuwe moeder te hebben. Vooral niet als ik samen met Els bij papa en mama was. Dan moesten we weer met z'n tweeën om mama lachen. Terwijl ze mijn moeder niet meer was. Maar ik wilde wel met Els om haar lachen, omdat we dan weer zussen waren.

Ik wist zelf heel goed hoe het zat. Daar had ik niemand voor nodig, zeker geen psycholoog.

Ik kreeg er alleen buikpijn van. Maar als dat nou alles was, een beetje buikpijn? Iedereen had wel eens buikpijn, daarom hoefde je nog niet meteen met iemand te praten.

Dat trillen, dat was lastiger. Normaal trilde ik nooit bij Eva, alleen als er bezoek was. Ik moest dus nooit meer iets te drinken nemen als er iemand was. Maar ze moest het niet overdrijven. Ik had wel eens een druppeltje gemorst, maar je kon niet zeggen dat alle vloeistof over de rand plensde.

Een psycholoog, ze wist niet waar ze het over had. Mama

liep haar halve leven al bij een psychiater. Ik had jaren een nummertje voor haar gehaald, en uren in de wachtkamer gezeten tussen allemaal mensen die ziek waren. Maar daar hoorde ik niet bij.

Eva zei dat het me goed zou doen als ik met iemand zou praten. Maar ik praatte met mezelf, daar had ik veel meer aan. Zo'n psycholoog doet net of hij naar je luistert en je kan helpen. Mama was er niks mee opgeschoten.

Eva zei dat ze het beste met me voor had en dat ze wilde dat ik gelukkig werd. Maar daar kon de psycholoog niet voor zorgen. De enige die daarvoor kon zorgen was Eva. Ik wilde voelen dat ik de belangrijkste voor haar was, samen met Joris. Zoiets eenvoudigs, daar hoefde ik toch niet voor in therapie.

19

Ik reed naar de Willemparksweg, naar het Instituut voor Psychoanalyse. Beneden in de hal zat een vrouw achter een loket. Toen ik zei dat ik een afspraak had en mijn naam noemde zag ik de verbazing in haar ogen. Die hoort hier niet, dacht ze. Maar ze zei niks en liet me gewoon doorlopen.

De mensen in de wachtkamer hadden allemaal dezelfde blik als in de kliniek waar mama liep. Ik wilde me omdraaien en weglopen, maar ik deed het niet, want dan zouden ze denken dat ik bang was, en ik had niks om bang voor te zijn. Dus ging ik zitten.

Ik voelde me ongemakkelijk, omdat ik steeds aan vroeger dacht en besefte dat ik er toen voor mama zat en nu voor mezelf.

Ik keek op de klok. De wachtkamer zat aardig vol, het zag ernaar uit dat het nog wel even kon duren. Niemand zei iets. En achter de deuren die op de wachtkamer uitkwamen was het ook stil. Dat kwam omdat ze daar op een bank lagen, dat had Eva verteld. Dat leek me helemaal niks, want zodra ik lag viel ik in slaap. Dat had ik van papa. 'Als ik mijn linkerbeen in bed leg, slaapt mijn rechter al,' zei hij altijd.

Ik bedacht dat ik er niks aan kon doen als ik in slaap viel. Ik keek naar de mensen in de wachtkamer. Die vielen niet in slaap, die wilden over hun problemen praten. De psycholoog zou er snel achter komen dat ik geen probleem had. En ik was ook niet van plan er een te verzinnen, zelfs niet voor Eva.

Ik hoopte niet dat het al te lang zou duren want ik stikte bijna van de hitte. Het was zo'n kleine ruimte, en er kon geen raam open. Dat zou natuurlijk te gevaarlijk zijn. Als er een raam openstond en iemand kreeg een aanval, dan kon hij er zo uit springen.

Het gekke was dat ik het een paar minuten later ineens koud had. En toen ik een tijdschrift wilde pakken trilde mijn hand. Dat had ik nog nooit meegemaakt, alleen als ik iets dronk. Ik zag dat de mensen het zagen en dat vond ik nog het ergst, dat zij opgelucht waren omdat ik gelukkig ook iets had. Ik zat alleen maar in die rotwachtkamer omdat Eva het zo graag wilde.

Van één vrouw mocht ik voor. Ze vroeg of de anderen het goed vonden. Niemand maakte bezwaar. Zij zagen er dus net zo goed tegen op.

De deur ging open en ik mocht naar binnen. Achter een bureau zat een vrouw die een bordje met 'psycholoog' opgespeld had. Als ze er zo trots op was moest ze dat vooral ophouden, maar ik dacht echt niet dat ik bij de kapper zat.

'Wat is je probleem?' vroeg ze.

En dat irriteerde mij. Nou verplichtte ze me zowat om een probleem te verzinnen.

'Dat moet u maar zeggen,' zei ik. 'U bent de psycholoog.'

'Dan moet ik wel weten waar je last van hebt,' zei ze.

Waarop ik antwoordde dat ik nergens last van had. Eva had ergens last van, omdat ze dacht dat ik niet gelukkig was.

'Waarom denkt ze dat dan?' vroeg ze.

Het begon nu echt op een verhoor te lijken. Ik keek naar de bank die in het midden van de kamer stond. Waarom mocht ik daar eigenlijk niet op liggen? Ik wist het wel, die psycholoog wist zich geen raad met mij en nou moest ik zeggen waarom

Eva iets dacht. Ik zei dat ik het niet wist.

'Wil je iets over jezelf vertellen?' vroeg ze. 'Misschien dat we er dan samen uit komen.'

'We komen er nooit uit,' zei ik. 'Mijn moeder heeft al haar halve leven bij psychiaters gelopen. Daar kunt u niks aan veranderen, en ook niemand anders. Weet u hoeveel flessen met medicijn ze op heeft? Die passen niet eens in dit gebouw. Van die vuile pokkendrank moest ze telkens huilen, maar nu kan ze niet eens meer huilen. Haar tranen zijn opgedroogd. Ze voelt nu helemaal niks meer. Bent u wel eens van vakantie teruggekomen en dat je dochter zomaar weg was? Dat je haar kwijt bent? Je dochter kwijt, terwijl het 't mooiste is wat je hebt. Want ze heeft ons zelf gebaard. Twee kinderen en nou is ze ons alletwee kwijt. En weet u waarom? Omdat ze niet voor ons kon zorgen. U denkt misschien dat ze op zou kunnen knappen als ze hier maar eerst op de bank zou liggen, maar dat kan nooit. Dan moet ze met u praten en mama kan niet praten. Niks helpt mama. Medicijnen ook niet. Want daar gaat ze kapot aan, omdat ze haar gevoel lamleggen. Ze voelt niks meer, ook geen verdriet, zelfs niet nu ze mij kwijt is.'

20

Eva bedacht van alles wat zogenaamd goed voor me was. Nou
moest ik weer in de paasvakantie in Egmond logeren. Het was
bijna nog gekker dan het voorstel van die psycholoog.

Ik zocht de plaats op de kaart op en zag dat het vlak bij Groet
lag. Daar was ik vroeger geweest. Papa vertelde altijd dat we in
Groet een vakantiehuisje hadden gehuurd toen Els en ik nog
heel klein waren. Maar volgens mama had het niks met een
huisje te maken. Het was een houten schuur. Als ze had geweten hoe het in Groet kon onweren, was ze nooit gegaan. Het
was 's nachts begonnen. Het onweer was toen zo dichtbij, dat
mama met ons onder het bed was gekropen. Want papa was er
niet. Hij had zogenaamd een haastklus waarvoor hij terug
moest. Mama kende die haastklussen van papa zo langzamer-
hand wel. Die hadden meestal met een of ander wijf te maken,
zei ze.

Volgens mama was het levensgevaarlijk geweest. De blik-
sem schoot langs ons raam. Als-ie was ingeslagen, had het hele huisje in lichterlaaie gestaan. Uren had ze daar met ons gelegen, in doodsangst. We hadden geluk dat we nog zo klein
waren, anders hadden we er de rest van ons leven een trauma
aan overgehouden. Het waren kennissen van papa die het

huisje aan ons hadden verhuurd, maar mama zei dat het moordenaars waren en dat had ze hun laten merken ook. Toen ze vroegen waarom we voortijdig naar huis gingen, had ze de waarheid gezegd.

'Mij zien jullie hier niet meer terug. Als ik ooit zover kom dat ik me levend wil laten verbranden, dan weet ik waar ik moet zijn.'

Ik zag dat Egmond nog hoger lag dan Alkmaar, en dat vond ik al te ver. Ik had niks tegen die mensen in die dorpen, maar voor mij hield de wereld bij Amsterdam wel zo'n beetje op. En Eva meende het serieus. Ze had al contact gehad met de ouders van Sonja, bij wie ik zou logeren. Sonja kende ze nog van vroeger. Ik kende haar ook omdat ze regelmatig bij ons kwam. Ze was verpleegster en ik vond haar heel aardig. Toen we een keer met z'n tweeën waren had ik haar over papa en mama verteld. Had ik dat nou maar niet gedaan, dan hadden haar ouders vast ook niet zo enthousiast op het voorstel van Eva gereageerd. Misschien hadden ze dan wel de een of andere smoes verzonnen om ervan af te zijn.

Eva bracht het als een grote verrassing. Ik moest niet denken dat het om een paar dagen ging, ik mocht de hele paasvakantie blijven.

'Wat zal dat heerlijk voor je zijn,' zei ze. 'Vlak bij de zee.'

Eva dacht dat zeelucht goed voor me was. Voor mijn longen misschien, maar aan mijn longen mankeerde niks. Mijn hand trilde en dat werd echt niet minder als ik in een of ander gat zat. Het lag bij de zee. Dat zei ze wel honderd keer. Nou en? Ik reed zo vaak op zondag op mijn brommer naar Zandvoort en dan was ik ook bij de zee. Soms had ik Sylvia achterop, maar als ze thuis moest blijven, ging ik alleen. Dat vond Eva eenzaam, maar dat was het helemaal niet. Want dan liep ik langs de vloedlijn van Zandvoort naar Bloemendaal en dan schreef ik in mijn hoofd een gedicht. Maar ik kon niet dichten als ik naar die ouders van Sonja ging. Want Sonja had ook nog een broer en een jongere zus die zich heel erg op mijn komst verheugden.

Die verveelden zich natuurlijk in de vakantie. Nogal logisch als je in zo'n stom dorp woont. Ik wist nu al hoe het zou gaan als we langs het strand liepen. Dan kon ik naar het gekakel van die zus luisteren in plaats van dat ik over een gedicht kon nadenken.

Ik deed het toch, omdat Eva het al beloofd had en ik haar niet bij de ouders van Sonja voor gek wilde zetten.

2I

Nadat Sonja en ik in Alkmaar waren aangekomen, moesten we ook nog eens met een bus. De bus reed maar door het donker, over wegen waarvan ik me afvroeg waarom ze waren aangelegd. Er reed niemand.

De buschauffeur scheen er nogal zin in te hebben, hij stopte nergens. Wat ik ook wel weer begreep, want er was niks om voor te stoppen.

Na een tijdje stonden we ineens stil in een busstationnetje.

Vastgelopen, dacht ik. Er stond nog een bus.

Sonja stond op. 'We zijn er,' zei ze. 'Dit is het centrum.'

Dan wel het centrum van het einde van de wereld, dacht ik. We kwamen langs een café dat half leeg was, en dat op zaterdagavond! Toen we een minuut of vijf hadden gelopen, gingen we een straat in.

'Hier ben ik opgegroeid.' Sonja deed trots een hek open. Ik zag een groot raam, dat moest van de kamer zijn, maar ik kon niks zien want de gordijnen waren dicht.

Sonja deed de deur open en liep door naar de huiskamer, en daar zaten ze, voor de televisie, het hele gezin en een paar vrienden. Doordat de kamer nogal klein was pasten ze niet allemaal naast elkaar en waren er twee rijen. Vooraan in de grote stoel zat het schoolhoofd, zijn vrouw zat ernaast.

De vrouw stond op toen ze me een hand gaf, het hoofd knikte alleen even en gebaarde dat ik mocht gaan zitten, maar dan wel muisstil, alsof ik te laat de klas in was gekomen.

Ik had me erop voorbereid dat ze van alles aan me zouden vragen, maar ze zeiden niks. Ze hadden wel op me gerekend, want op de tweede rij stonden twee stoelen klaar. En nog geen minuut later zat ik daar, voor de televisie. Ik was blij dat ik een vol pakje shag bij me had. Ze keken naar me alsof ze niet wisten dat een meisje een shaggie kon draaien.

'Hier wordt niet gerookt,' zei de vrouw.

'En ook niet buiten,' zei het hoofd, die zag dat ik wilde opstaan.

Zeker zonde van de zeelucht, dacht ik en ik stopte mijn shag weg.

Ik zat daar maar. Af en toe werd er gelachen om wat er op de televisie te zien was. Toen het programma was afgelopen stond de jongere zus op. Gerda heette ze. De vrouw vroeg of ze mij al had begroet en zonder naar me te kijken zei ze ja. Ze vroeg aan het hoofd of ze uit mocht. Terwijl hij knikte dat het goed was wees hij op zijn horloge de tijd aan waarop ze thuis moest zijn.

Het leek wel of we in de bioscoop zaten. In de pauze, voordat het volgende programma begon, kregen we thee met een chocolaatje. Mij werd niks gevraagd, anders had ik wel bedankt, maar de vrouw hield het kopje ineens voor me. Ik wist zeker dat het uit mijn handen zou kletteren als ik het aanpakte. Mijn hand trilde nu al, zonder dat ik iets vasthield.

'Nee, dank u,' zei ik.

Het hoofd keek even om.

Terwijl iedereen naar de televisie keek, wachtte ik maar af tot het zou beginnen. Ik wist zelf niet waar ik op wachtte, maar ik had voortdurend het gevoel dat er iets moest beginnen. Er gebeurde niks.

Toen het programma was afgelopen, nam Sonja me mee naar boven.

Het was blijkbaar niet de bedoeling dat ik nog beneden kwam, want het hoofd en zijn vrouw wensten me welterusten.

Ik moest in de kamer van Gerda slapen. Er stond een extra bed. Sonja gaf me een washandje en een handdoek en ging zelf weer naar beneden.

Ik stond in een badkamer tussen tandenborstels en handdoeken van mensen die ik niet kende.

Ik voelde me net een indringer toen ik de kamer van Gerda binnenging.

Na een tijdje hoorde ik voetstappen op de trap en gerommel in de badkamer. Iemand poetste zijn tanden. De wc werd doorgetrokken. Ik wist niet door wie, maar dat maakte helemaal niet uit want behalve Sonja waren ze allemaal onbekend voor me.

In het halfdonker zag ik het lege bed. Waar was die Gerda die zich op mijn komst had verheugd? Ik had haar niet willen teleurstellen en nu lag ik in mijn eentje in haar kamer. Ik was hier omdat zeelucht me zogenaamd goed zou doen, maar ik had het nog nooit zo benauwd gehad.

22

Ik lag nog steeds wakker toen ik plotseling besefte hoe fout het was dat ik hier zat. Eva zat fout. Juffrouw Bont zou me nooit hebben weggestuurd als ik haar dochter was geweest.

Het had met grote letters op het bord in de hal gestaan: Juffrouw Bont is wegens ziekte voorlopig verhinderd. Ze was wel vaker ziek geweest en dan kregen we het nooit te horen. Ze wilde dat ik het wist. Ze was al meer dan twee weken thuis. Maar ze beschermde me wel.

Ik schrok van Gerda die om klokslag twaalf uur thuiskwam.

'Doe het licht maar aan,' zei ik, 'anders struikel je nog over het logeerbed.'

'Het is geen logeerbed,' zei Gerda. 'Het staat hier altijd.'

Gerda vertelde dat haar ouders vaak kinderen opvingen. Meestal waren het meisjes en die sliepen dan bij haar op de kamer.

Ik wilde weten of ze dat niet vervelend vond. Ze zei dat het wel meeviel. Alleen dit keer was het een beetje lastig omdat ze verkering had. Maar ik moest niet denken dat ze het erg vond dat ze van haar ouders met mij moest optrekken. Ze had het heus wel voor me over. Helemaal als ze aan die zielige verhalen dacht die haar ouders over mij hadden verteld. Het deed haar beseffen hoe goed ze het zelf had.

Ik zat rechtop in bed. Ik was in een of ander opvanghuis terechtgekomen. Alsof ik een zielig kind was dat van de straat moest worden gehouden. Hoe kwamen ze op het idee.

Ik legde Gerda uit dat het een misverstand was. Ik had een fantastisch leven in Amsterdam en was om Eva een plezier te doen bij hen komen logeren. Anders ging ik om deze tijd uit. Ik vertelde haar alles over de stad en wat ik had beleefd. En ik zei dat ik de volgende dag meteen zou vertrekken. En ineens was Gerda veel aardiger tegen me omdat zij dan ook gewoon met haar vriendje om kon gaan in de vakantie.

Maar toen we gingen slapen besefte ik dat het nog niet zo eenvoudig zou zijn om weg te komen. Hoe moest ik het Eva vertellen? Ik durfde niet zomaar voor haar neus te staan. En ik kon haar niet bellen, dan wist ik zeker dat ze wilde dat ik bleef. Ze zou het met Gerda's moeder bespreken en die zou zeggen dat het een misverstand was. Maar nu ik wist hoe ze over me dachten kon ik niet blijven. Ik wist zeker dat ik ruzie met het hoofd zou krijgen. Ik zou uitdagend een sigaret opsteken tijdens het ontbijt. En als hij er iets over zou zeggen, kreeg hij een grote mond. En dan zou ik hem vertellen dat hij misschien de baas over die zielige kinderen kon spelen, maar niet over mij.

Ik moest morgen vertrekken, hoe vervelend Eva het ook vond. Anders kreeg ik ruzie met het hoofd en dat zou ze nog veel erger vinden.

23

Ik had het hoofd en zijn vrouw goedemorgen gewenst, gewacht tot er hardop was gebeden, hij het ei had opgegeten en de plak krentenbrood, en ik had geholpen de tafel af te ruimen. En toen moest het gebeuren.

Ik had geluk, want ze gingen naar de kerk. Zodra ze weg waren liep ik naar het plein. Ik rookte drie, vier sigaretten achter elkaar. De telefooncel stond blauw van de rook, maar ik durfde Eva niet te bellen. En ik durfde ook niet terug te gaan. Ik moest in de telefooncel blijven staan. Ik wilde het huis van het hoofd alleen nog in om mijn spullen te halen. Omdat ik echt in nood zat, omdat alles zou misgaan als ik niet snel iets deed, omdat het een kwestie van overleven was, daarom dacht ik aan Els. Els moest me helpen. Els moest Eva bellen en uitleggen dat ik geen dag langer kon blijven. Ik belde Els.

Ze zei me in de telefooncel te blijven wachten en ik schatte in hoeveel sigaretten ik nodig zou hebben totdat ze Eva had overtuigd. Ik rookte er drie, en toen toch maar vier en toen belde ik terug. Maar Els was nog in gesprek. En dat was eng, want het kon net zo goed zijn dat Eva Els probeerde om te praten. Ik stak nog een sigaret op en bedacht dat Els zich nooit zou laten ompraten. En toen belde ik terug. En weer en weer. Er tikte iemand tegen de telefooncel, maar ik hield de deur dicht omdat ik eerst moest bellen. En weer draaide ik het nummer en toen kreeg ik Els. Ze had Eva gesproken en ik was vrij.

Het hoofd dacht dat hij altijd gelijk had, daarom kon ik hem niet de waarheid vertellen en verzon ik ter plekke, toen ik met mijn tas de kamer in kwam, waarom ik moest gaan. Eva had me nodig. Joris was ziek geworden, dus moest ik haar helpen. Het was heel spijtig, maar ik kon Eva niet in de steek laten.

Voor het eerst sprak het hoofd tegen me. Of eigenlijk sprak hij niet, maar werd ik overhoord.

Wat deed ik precies voor Eva?

Ik noemde alles op wat ik voor Eva zou willen doen, tot het hoofd zijn wenkbrauwen fronste.

En toen ging ik.

24

Eva was boos omdat ik tegen het hoofd had gelogen, en om wat ik verder had gezegd. En dat begreep ik niet, want het waren allemaal lieve dingen. Ze zei dat ik haar een slechte naam had bezorgd. Maar dat kon ik me niet voorstellen.

Juffrouw Bont zou maar wat graag willen dat ik zo over haar sprak, dat ik dat allemaal voor haar voelde. Maar zo was het nou eenmaal niet. Ik voelde dit niet voor juffrouw Bont. Ik voelde dit voor niemand, alleen voor Eva.

En daar kon ze trots op zijn.

25

Eva wilde het allerbeste voor me en daarom moest ik weg. Ze vond dat ik een eigen kamer moest hebben, waarin ik me terug kon trekken, naar muziek kon luisteren en mijn vrienden kon ontvangen. Ik zei dat het atelier een prima ruimte was om mijn huiswerk te maken en dat ik er ook lekker sliep. Het kon me niks schelen dat ik geen eigen plek had. Ik voelde me altijd gelukkig bij haar, al moest ik in een kast slapen. Maar ik kon Eva niet op andere gedachten brengen. Ze vond het vervelend dat ik steeds het atelier uit moest als ze het zelf nodig had. En ze vond het maar niks dat ik dan altijd in de kamer moest zitten.

Eva zei dat ze het deed omdat ze zoveel van me hield. Ze had er erg veel moeite voor gedaan om een huis te zoeken waar ik terecht kon en me fijn zou voelen.

Ik kon bij mevrouw Van de Jagt wonen, die had ruimte genoeg. Mevrouw Van de Jagt gaf les bij ons op school. Maar ik kende haar van de keren dat ze bij Eva kwam. Zelf had ik nooit les van haar gehad. Ze gaf Grieks en Latijn en ze woonde heel deftig in Amsterdam-Zuid. Eva zei dat mevrouw Van de Jagt het heel fijn zou vinden als ik kwam, omdat haar dochter een jaar naar Amerika ging. Als zij in mijn plaats stond, zou ze zo'n kans met twee handen aangrijpen. Want ik moest beseffen dat ik niet bij haar kon blijven.

Ik hoefde niet meteen te beslissen, ik mocht er rustig over nadenken, maar hoe kon dat nou? Ik was helemaal niet rustig. Ik was in de war, ook al had Eva honderd keer gezegd dat er niks zou veranderen. Ik was altijd welkom en ik mocht langskomen wanneer ik maar wilde. Het enige verschil zou zijn dat ik in een ander huis woonde. Als ik ging studeren zou ik ook op kamers gaan en dat duurde niet eens meer zo lang. Joris zou ook ergens anders gaan wonen als hij groot was. Ik wist dat het waar was wat Eva zei, maar toch was ik bang.

En daarom zei ik tegen Eva dat ik niet bij mevrouw Van de Jagt wilde wonen. En toen werd ze kwaad. Volgens haar wist ik niet hoe aardig mevrouw Van de Jagt was. Maar dat wist ik wel. Ik had haar zo vaak bij Eva gezien en ze had nog nooit lief naar me gekeken.

Vier

I

Els had een zolder boven de verdieping die ze met Freek deelde, een kleine, vervallen ruimte.

'Denk je dat je hier iets van kunt maken?' vroeg ze.

Kon ik iets van dat zoldertje maken?

Ik verfde en timmerde samen met Freek. Het enige waar ik aan dacht was dat het kamertje iets moest worden.

Pas toen het eenmaal klaar was, vroeg ik me af hoe het zou zijn om er te wonen. Maar als ik er wilde wonen, moest ik toch op zijn minst een bed hebben, en dat stond nog in het huis van papa en mama.

Voor mama was het nog altijd mijn kamer, ook al woonde ik bij Eva. Maar als mijn bed weg was, kon ze dat niet meer zeggen. De laatste tijd had mama last van hallucinaties. Met de medicijnen die ze daartegen slikte kon ze niet oud worden, dat had de psychiater erbij verteld. En juist nu het zo slecht met mama ging, wilde ik mijn bed weghalen. Durfde ik haar dat aan te doen?

Ik dacht aan papa. 'Wat je eng vindt, moet je meteen doen,' zei hij altijd, 'anders ga je er maar tegen opzien. Kijk maar naar je vader, ik vind het doodeng om een mooie vrouw te kussen. Daarom doe ik het altijd meteen, dan ben ik ervanaf.'

Ik wilde er ook vanaf zijn en ging naar mama toe.

Mama liet me de capsules zien waarvan ze er vijf per dag moest slikken. Ze vertelde dat het elke keer een operatie leek omdat ze zo'n klein keelgat had. Ze maakte een capsule voor me open en liet het witte poeder zien dat erin zat. 'Puur gif,' zei ze. 'Het zal mij benieuwen wanneer mijn lichaam het begeeft.'

Ik zette thee voor mama, die ze niet opdronk omdat ik het niet lang genoeg had laten trekken. Ik vertelde over school, maar mama zei dat ik beter niet zoveel tegen haar kon praten. Dat ik in het vervolg mijn bezoek moest aankondigen. Ze kon er niet tegen om overvallen te worden. Ze schoof onrustig op haar stoel heen en weer. Voordat ze me zou vragen om te gaan, vertelde ik het haar. 'Ik kom mijn bed halen, want ik mag bij Els wonen en dan heb ik het nodig.' Ik zei het heel snel, zonder haar aan te kijken.

Gespannen wachtte ik haar reactie af.

'Meen je dat?' vroeg mama. 'Meen je echt dat je je bed hier weghaalt? Dan is die kamer dus van mij!' En ze sloeg haar handen in elkaar en zei dat ze God op haar blote knieën zou danken omdat ze voor het eerst van haar leven een eigen slaapkamer kreeg. Ze wilde dat ik het bed meteen meenam en de rest van mijn rotzooi ook. Ik hoefde niet te denken dat ze op het bureau zat te wachten, dat was een sta-in-de-weg. En terwijl ze opsomde wat ze allemaal kwijt wilde, haalde ik het bed uit elkaar en bracht het naar Freeks auto.

En toen lag ik ineens in het zolderkamertje, waar het 's nachts zo stil was dat ik niet meer wist of ik nog leefde en mijn bed uit ging en tegen het raam ademde en pas weer durfde te gaan liggen als het besloeg.

Voor het eerst besefte ik dat ik bij Els woonde, maar ik deelde geen kamer met Els en ze zou ook niet als vroeger tegen de muur kloppen wanneer ze bang was in het donker. Ze lag niet vlakbij, maar een etage lager, naast Freek. Freek die altijd zijn grote, sterke arm om Els heen had omdat ze vaak bang was.

Ik woonde bij Els, die elke dag naar kantoor ging tot vijf uur en dan heel hard naar huis moest fietsen zodat ze snel eten kon maken omdat ze 's avonds naar de wasserette moest of strijken of iets moest herstellen.

Els en ik keken vaak naar elkaar, maar dan kregen we niet meer de slappe lach. Er viel niks meer te lachen. Ik was bezorgd om Els, omdat ze opeens niet meer jong leek. En Els maakte zich zorgen om mij, omdat ze wilde dat ik gelukkig was.

Daarom mocht ze niet weten dat ik expres heel langzaam naar huis reed als ik uit school kwam. Dat ik hoopte dat ik alles tegen zou hebben. De brug, de stoplichten. Maar ook al gaf ik iedereen op het zebrapad voorrang, dan nog kwam ik veel te vroeg de Zaanstraat in.

Als ik mijn brommer op slot zette wist ik dat het me niet zou lukken om in het lege huis te blijven. Ik zou alleen mijn tas naar boven brengen en dan zou ik weer gauw weggaan, voordat de muren van de zolderkamer op me afkwamen. Want niets hielp. Ook niet tien sigaretten achter elkaar roken. Juist als ik boven kwam om mijn huiswerk te maken, dacht ik aan het atelier en dan miste ik Eva zo erg dat ik gauw wegging. Dan reed ik door de Spaarndammerbuurt, en als het lang duurde voordat Els kwam en ik niet bij mijn vrienden terechtkon, reed ik langs de Haarlemmerweg naar Haarlem. Dan kwam ik laat thuis en was ik trots, omdat het me weer was gelukt om niet naar het Singel te gaan. Want ik wilde niet dat Eva me op de brug zag staan als ze toevallig uit het raam keek.

Soms kon ik het niet tegenhouden en dan reed mijn brommer er vanzelf naartoe. Dan stond ik daar en voelde me rustig omdat ik zo dicht bij haar was en dan zag ik ons weer voor me, met z'n drietjes in de kamer. Maar ik kon daar niet blijven staan, want ik hoorde daar niet meer. Dan keek ik naar het raampje van de vliering boven in Eva's huis, waar mijn bed makkelijk had kunnen staan. Maar dat had Eva nooit voorgesteld, en ik durfde er niet aan te denken waarom niet. Ik was bang dat ik dan niet meer verder zou willen, dat ik zelfs geen dichter meer zou willen worden. Ik wist dat ik dat nooit zou kunnen verbergen, zeker niet voor Els.

En daarom was het veel beter om naar Haarlem te rijden.

2

Ik vroeg me af wie haar had aangesteld, de nieuwe rectrix die nu de lerarenkamer uit kwam. Juffrouw Pieters heette ze en ze had gymnastiekles gegeven op een school waarvan we de naam niet te horen kregen.

Juffrouw Bont had stijl, die dwong respect af. Van zo iemand bestond er maar één op de hele wereld. Maar deze vrouw had niets.

Eén ding had ze voor elkaar. Ik zou er alles aan doen om ervoor te zorgen dat ik nooit meer de les werd uitgestuurd. Ik moest er niet aan denken dat ik aan de deur zou kloppen en dan die dribbelbeentjes, die al jaren tussen de leggers van de ongelijke brug hadden gezwaaid, naar de deur zou horen lopen. Met haar aanstelling als rectrix was maar weer eens bewezen dat niets iets voorstelde. Jarenlang had juffrouw Bont de school aanzien gegeven. Ze had het GLVM karakter, en had ons een culturele en literaire opvoeding meegegeven. En nu in een dag, in een uur, werd alles wat ze had opgebouwd tenietgedaan.

Het was gevaarlijk, veel gevaarlijker dan iedereen dacht. We zouden heel langzaam worden omgevormd tot het alledaagse. Ik vroeg me af of juffrouw Bont zou zijn hersteld als ik met haar had gepraat. Als ik haar had uitgelegd waarom Eva en niet zij mijn nieuwe moeder was geworden. Dat het niet had gekund met ons. Niet omdat ze te oud was, want dat had ik mezelf alleen maar wijsgemaakt. Juffrouw Bont kon niet te oud zijn. Ze was leeftijdsloos en stond overal boven. Ze was iets hogers. Ik kon me niet voorstellen dat ze was geboren, net als wij. Dat ze ook een moeder had gehad. Ik kon me niet indenken hoe de wereld eruit had gezien zonder haar. Ze moest er altijd al geweest zijn en ze zou ook altijd blijven, al zou haar lichaam op een dag worden geborgen; dan nog zou haar kracht nooit verdwijnen.

Ik had haar niet afgewezen, ik had mezelf beschermd. Dat had ik haar moeten vertellen, maar ik had de ernst er niet van ingezien en nu was het te laat.

Eén jaar op deze school bij juffrouw Pieters zou mijn dichterschap voor altijd kapotmaken.

Het was het einde van het tijdperk van L.C. Bont, maar alleen als rectrix van het GLVM. De macht die ze had getoond door mij dingen te laten denken, door mij dingen te laten zeggen, die macht zou ze ook aanwenden om ons te beschermen.

Ik keek naar juffrouw Pieters, die nietsvermoedend de kamer van juffrouw Bont inging, en barstte in lachen uit.

3

Elke maandagochtend had ik les van Eva en dan vroeg ze of ik
's avonds kwam eten. Daarom bleef ik op school, ook al zette ik
mijn toekomst als dichter op het spel.

Ik wilde uitgenodigd worden en niet een van die mensen
zijn die zomaar bij haar binnenvielen.

De mensen die echt iets voor Eva betekenden, die een plek
in haar hart hadden, op wie ze trots was en van wie haar ogen
begonnen te glanzen als ze over hen sprak, die kwamen niet
onaangekondigd langs. Die werden officieel door Eva uitgenodigd.

Bij Eva lag naast de telefoon een agenda. Als Eva aan de telefoon een afspraak maakte, dan kwam de naam van degene die
ze had uitgenodigd in haar agenda te staan. Maar de mensen
die zomaar aanwipten stonden niet in haar agenda. Van de
meesten wist Eva waarschijnlijk niet eens hoe ze hun naam
moest schrijven.

Eigenlijk was het hoogste dat je bij Eva kon bereiken dat je
naam in haar agenda kwam.

Van tevoren had Eva beloofd dat er niks tussen ons zou veranderen als ik niet meer bij haar woonde, maar dat ging niet
vanzelf. Daar moesten we ons best voor doen. En dat kon alleen
als ik op school bleef.

Eva vroeg me niet alleen te eten, maar ook om op Joris te passen. Het liefst paste ik 's avonds op. Want dan kwam niet alleen mijn naam in haar agenda te staan, maar schreef ze erachter dat ik bleef slapen. Dat had bijna niemand.

Op zaterdagavond ging ik uit. Dan leunde ik met een sigaret in mijn mond en een biertje in mijn hand tegen de muur van de discotheek en keek ik naar mijn vriendinnen die met hun ogen dicht schuifelden.

Met mij wilden de jongens niet schuifelen, maar dat vond ik niet erg. Ik bestelde een biertje, zette het glas aan mijn mond en dronk het achter elkaar leeg. Steeds sneller en steeds meer. Ik kon nog sneller drinken dan de jongens waarmee Monique en Josje zoenden.

Niemand wist hoeveel moeite ik daarvoor had gedaan, alleen Els. En Els moest erom lachen, omdat ik altijd in haar huis oefende en ze wist hoe vies ik bier in het begin had gevonden. Maar ik zette door, tot het me lukte om tien biertjes achter elkaar te drinken. En dat vond ik fijn. Omdat we dan weer echt zussen waren, want Els gaf ook nooit op.

Ook nu had Els weer een paar biertjes klaargezet, want Eva kwam naar mijn zolderkamer kijken.

Ik zag dat Eva het moeilijk vond toen we weer beneden kwamen en we voor het eerst in een vreemd huis tegenover elkaar zaten, ik zag het aan de manier waarop ze haar sherry dronk.

Eva wilde per se dat ik een eigen kamer kreeg en die had ik. Ik hoopte dat ze nu inzag wat ik echt nodig had en me mee zou nemen. Ik wachtte vol spanning, terwijl Els mijn glas in de gaten hield. Maar alleen het glas van Eva raakte leeg. Ze zei dat ze gerust was omdat ze had gezien dat ik zo'n fijne plek had. En toen stond ze op.

4

Ik merkte dat er iets was, daarom moest Els het me wel vertellen. Ze had ruzie met Freek en dat kwam door mij.

Het irriteerde Freek dat ik 's morgens op het laatste nippertje beneden kwam. Ik snapte dat niet. Ik vond het al knap dat ik elke morgen uit bed kwam. Maar Freek wilde dat ik eerder opstond. Hij wilde dat ik hem hielp met de afwas.

De afwas noemde hij dat. Als er nou een aanrecht vol stond zoals bij Monique thuis, waar 's morgens zeven kinderen hadden ontbeten, maar dit ging om een paar bordjes!

Els zei dat ik het niet verkeerd moest opvatten. Het ging Freek niet om die paar bordjes: het ging hem erom dat we met z'n drieën woonden, allemaal vroeg de deur uit moesten en dat ík 's ochtends niks deed. Ik wist niet zo gauw iets te zeggen, dus herhaalde Els het nog een keer. Het ging Freek alleen om het idee. En toen zag ik mezelf weer voor me in de rij van het badhuis, tussen allemaal jongens omdat het papa's idee was dat ik een jongen moest zijn. Omdat hij al een dochter had en een beetje man een zoon moest hebben, met wie hij kon voetballen, die meeging naar het café en die kon kaarten. Ik had het allemaal gedaan, alleen om zíjn idee. Nu wist ik het zeker: ik zou nooit meer iets doen alleen maar omdat het iemand anders' idee was. Ik deed alleen nog wat ik zelf vond! En ik vond het abnormaal om 's ochtends om halfacht met een theedoek in mijn hand in de keuken te staan. Ik veegde nog liever met de theedoek de afwas van het aanrecht. Dat was toevallig mijn idee, als hij het wilde weten! Als we zo begonnen kon ik nog wel meer fantastische ideeën verzinnen.

Wist hij wel waar hij het over had? Elke morgen als ik half slaperig mijn brood opat, klotste hij met borden en bestek in het water. Mijn idee was dat het absoluut geen tijdstip was voor zulke geluiden, maar dat had ik nooit laten merken omdat ik niet van plan was mijn ideeën aan een ander op te dringen. Ik ging er expres met mijn rug naartoe zitten, zodat ik het vrolijke gespetter op de vroege ochtend niet ook nog eens hoefde aan te zien. Maar nu kreeg ik te horen dat er geen ontkomen aan was. Ik moest helpen met die afwas. En waarom? Omdat we met z'n drieën in een huis woonden. Tot Freek het zelf opeens belachelijk zou vinden om 's morgens vroeg af te wassen. Dan kon ik me zeker weer aanpassen aan het volgende idee. Net als bij papa. Op mijn twaalfde moest ik plotseling toch een meisje zijn. Freek was creatief genoeg, die zou vast nog wel meer ideeën verzinnen. En als ik er niet in meeging werd hij kwaad. En dan zou Els elke keer voor mij opkomen, omdat ik haar zus was. Ik wilde niet dat ze telkens ruzie om mij kregen. Daarom besloot ik andere woonruimte te zoeken.

5

Ik was helemaal niet van plan bij mama langs te gaan, maar ineens reed ik naar haar toe. Ik vroeg hoe ze het zou vinden als ik weer een poosje thuis kwam wonen.

'Dat kan niet meer,' zei mama. 'Kijk eens wat een heerlijke slaapkamer ik hier heb. Die laat ik me door niemand meer afnemen.' En ze deed de deur van mijn oude kamer dicht.

Ik moest nadenken over een woonplek, maar dat lukte niet op school. Hoe kon ik over zoiets belangrijks een beslissing nemen, midden tussen allemaal klasgenoten die nog saai bij hun ouders woonden?

Iedereen die een beetje ogen in zijn kop had, had kunnen zien dat ik met iets belangrijks bezig was. Juffrouw Bont zou me nooit hebben lastiggevallen. Als zij nog rectrix was geweest, had ze geweten dat ik iets moest uitzoeken.

Maar juffrouw Pieters kwam naar me toe. Alleen maar omdat ik zo nu en dan een uurtje weg was. Ze deed alsof ik vrij nam, maar dat was helemaal niet zo. Ik was keihard aan het werk als ik op mijn brommer door de stad reed.

'Het is me opgevallen dat je er zo nu en dan niet bent,' zei ze. Dat vond ik heel knap. Ik snapte dat ze haar hadden aangenomen!

Ik zei dat ik niet wist dat ze het zo vervelend vond dat ik af en toe even een luchtje schepte, maar dat ik heus wel alle lessen wilde volgen als dat voor haar zo belangrijk was. Ook al verveelde ik me dood omdat er niks nieuws werd verteld.

'Hoe gaat het bij je zus?' vroeg ze toen.

'Prima,' zei ik. 'Het gaat heel goed. Ik heb geluk. Niet iedereen heeft dat geluk.' En ik keek haar aan.

Ik had ook geluk, dat besefte ik heus wel. Ik wilde alleen niet tussen Els en Freek komen. Zo problematisch was het ook weer niet. Ik kon zo naar Eva. Toen ik weg moest, had ze gezegd dat ik altijd mocht komen logeren als er iets was. Ik kon blijven zo lang ik wilde, want ze had er geen termijn aan verbonden. Maar dan was ik haar logé. Ik hoorde het mezelf al zeggen als er iemand langskwam. Ik ben de logé. En dat wilde ik niet, ik wilde haar dochter zijn.

Als ik toch moest logeren, dan nog liever bij juffrouw Bont.

Er waren genoeg oplossingen, ik moest alleen kiezen en dat vond ik moeilijk. Ik was nooit goed in kiezen geweest. Dat had ik van papa. 'Man, jij kunt niet kiezen,' zei mama altijd. 'Jij wilt alles tegelijk, met als resultaat dat je een grote nul bent geworden.'

Kiezen vond ik het moeilijkste wat er was. Ik was er zelfs zo van in de war geraakt, dat ik was vergeten naar bijles te gaan. Een dag later kwam ik er pas achter. Ik ging meteen naar Liesbeth toe om sorry te zeggen. Ik vertelde haar ook dat ik wegging bij Els, maar dat het geen probleem was. Ik had adressen genoeg waar ik heen kon.

'Jammer,' zei Liesbeth, 'anders had ik nog wel een plek voor je geweten.' Ik kon bij een medestudent van haar in de Van Hogendorpstraat wonen. Die had daar een stuk zolder verbouwd. Maar er was nog wat zolder over. Niet veel, maar als ik wilde kon er een kamertje van worden gemaakt. Liesbeth begreep dat ik geen geld had om de huur te betalen, en dat had zij ook niet. Maar een vriend van haar was heel rijk. Die sponsorde wel vaker iemand, omdat hij het belangrijk vond dat jonge mensen zich ontwikkelden. Ik hoefde me echt niet bezwaard te voelen, ik zou hem er alleen maar een groot plezier mee doen.

Liesbeth zei dat ik het zelf moest weten. Ik zei niks, omdat ik niks kon zeggen en toen trok ze me op schoot. 'Doe het maar,' zei ze en ze veegde mijn tranen af.

Ik knikte.

6

Mij maakte het niet uit hoe die kamer eruitzag. Ik had al besloten dat ik het deed. Het zou toch niet voor lang zijn. Eva zou het nooit goed vinden dat ik helemaal op mezelf ging wonen, en ik wist zeker dat ze gauw de vliering zou verbouwen. Daarom had ik het expres niet verteld, want dan zou ze met Els over die afwas gaan praten. En dat wilde ik niet. Pas als ik was verhuisd kreeg ze het te horen.

Juffrouw Pieters had ik wel mijn nieuwe adres gegeven. Ze vond me ondankbaar omdat ik bij Els wegging. Alsof het niet al moeilijk genoeg was geweest om het Els te vertellen. Els had gezegd dat ze het begreep, omdat ze allang had gemerkt dat ik me bij hen niet gelukkig voelde. En ik knikte. Misschien moesten we daarom huilen, omdat we het alletwee niet hadden durven toegeven. We wisten het vanaf het moment dat ik bij hen was ingetrokken: mijn Els, met wie ik me zo vertrouwd voelde, bestond alleen nog in het verleden. De Els die ik verliet, was de Els van Freek.

Ik keek om me heen, en die Van Hogendorpstraat stond me wel aan. Volgens juffrouw Pieters was het een treurige straat. Hoezo treurig? Zeker omdat de vrouwen die op een kussen uit het raam hingen niet hadden gestudeerd. Zelf woonde ze in

Buitenveldert, dat vond ik nou treurig. Hier zag ik nog overal winkeltjes, en buiten speelden kinderen op kleedjes. Aan de overkant was een man bezig zijn auto te repareren. In Buitenveldert zag je alleen maar flats. Daar viel nou niks te beleven. Echt een buurt waar iedereen dode talen had gestudeerd.

Ik zette mijn brommer voor een bakkerij neer. De deur ernaast moest ik hebben. Op de stoep ervoor stond een grote boom. Ik keek omhoog. Als dat het raampje van de zolder was, dan keek ik zo op de boom. Wat wilde ik nog meer, nog natuur binnen handbereik ook.

Ik belde aan en toen er open werd gedaan moest ik drie trappen op, maar dat moest ik bij Els ook, dus dat was ik gewend. Het was hier alleen wat krapper. Ook toen ik boven kwam. Meteen naast het trapgat zat een oranje deur. Carla wachtte me al op. Haar kamer was niet groot, maar hij zag er prima uit. Ze had zelfs een klein keukenblokje waar je kon koken. Ik vond het wel een beetje een rare gedachte dat ik hier ging wonen. Ik zou helemaal vrij zijn. Al wilde ik de hele nacht wegblijven, niemand die het merkte. Alleen Carla, maar die leek me wel aardig. Ik had haar al vaker bij Liesbeth gezien. En wat maakte het ook uit, we woonden op dezelfde zolder, maar ze had niks over mij te zeggen.

Ik trok een kruk onder de tafel uit en ging zitten. Dat had ze trouwens handig gedaan met die krukken, dat scheelde ruimte. Ik zei niet veel, maar dat hoefde ook niet. Ze vroeg gelukkig ook niks, alleen of ik het makkelijk had kunnen vinden.

'Daar komt de buurvrouw al aan,' zei Carla.

Ik hoorde voetstappen op de trap. Carla deed de deur open. Eerst kwam er een walm haarlak mijn neus in en toen stapte er een mollige vrouw binnen. Ze had een opengewerkt gehaakt truitje aan waar haar grote borsten uitpuilden. En ze had hoog blond haar dat als een toren, die uit verschillende etages was opgebouwd, boven op haar hoofd stond. Tegelijk met haar kwam nog een vrouw binnen met precies dezelfde toren op haar hoofd.

Ze was alleen veel kleiner en tengerder, waardoor hij nog bombastischer leek. 'Ik ben Greet van driehoog,' zei ze. 'Maar je gaat van Bep huren.'

'Ja,' zei Bep. 'Ik woon éénhoog, maar op vrijdag is mijn kamer een kapsalon, dan doen we elkaars haar.'

Het was vrijdag, ik kon zien dat de beide kapsels kersvers waren.

'Zullen we dan maar,' zei Greet.

Recht tegenover de deur van Carla's kamer zat met een gangetje van een halve meter ertussen nog een deur. Er hing een hangslot aan. Bep haalde een sleutel uit haar zak en stopte hem erin. Maar ze kreeg de deur niet open.

'Geef mij maar,' zei Greet. 'Ze is over haar zenuwen omdat ze gaat scheiden. Die kerel van d'r houdt het met een ander.'

'Jij kent hem wel, hè,' zei ze tegen Carla.

Carla knikte. 'Hij is toch taxichauffeur?'

'Dat staat op het bordje boven op het dak,' zei Bep. 'Maar hij kan er beter "hoerenkit" op zetten.'

'Je zal 'm nog wel eens zien,' zei Greet, 'want meneer pikt het niet dat-ie er niet meer inkomt.'

'Ze zal 'm niet lang zien,' zei Bep. 'Want hij ligt zo weer buiten.'

'Pas maar op,' zei Carla. 'Het is wel een beer.'

'Daar hoeft ze niet bang voor te zijn,' zei Greet. 'Haar ouders wonen aan de overkant, die hebben alles in de peiling.'

'Die ouwe van mij is uitsmijter,' zei Bep. 'Nou, hij kan zich uitleven als die viespeuk denkt binnen te komen.'

Greet hield de deur open. 'Kijk, het is niet veel, maar een bed past er wel in.'

'Zeker,' zei Bep. 'Je moet die rommel wegdenken. Het was eerst een kolenhok, maar we hebben nu gas.'

'Jij heb nu gas, zal je bedoelen,' zei Greet. 'Hij heb niks meer.'

'Zeg het maar.' Bep keek me aan. 'Is het wat voor je?'

'Ze kan het geld goed gebruiken,' zei Greet. 'Vijfentwintig

piek per maand moet het opbrengen. Dat is toch niet te veel, hè? Ik doe het zakelijke gedeelte, dat moet wel in haar toestand.'

Bep zei dat je nergens zo goedkoop uit was in Amsterdam en dat kwam omdat het nog een beetje moest worden opgeknapt. Dat kon je wel zeggen. Het was helemaal geen kamer. Alleen een geraamte van houten spijlen.

'Zie je dat raam?' vroeg Greet. 'Je kan frisse lucht krijgen, anders zou het niet kunnen.'

'Nee,' zei Bep. 'Dan kon het niet.'

'Er zit alleen geen water, maar dat heb je ook niet nodig, heb ik gehoord,' zei Greet.

Carla knikte. 'Ze mag mijn kraan gebruiken.'

Ik vroeg me af of de verbouwing niet te duur werd, maar Carla dacht dat het wel mee zou vallen, dat we alleen een paar platen board tegen de spijlen moesten timmeren.

'Welja,' zei Greet.

Ze keek me aan. 'Zeg het maar.'

Ik ging het doen.

Greet zei dat er nog één dingetje was. Haar kinderen sliepen naast mijn kamer. Ze hadden beneden in het plafond een luik gemaakt dat altijd openstond. Daardoor kon ik alles verstaan wat er bij hen werd gezegd, maar dat vond ze niet erg, ze had niks te verbergen. Ze wilde alleen geen last van mij hebben.

Carla stelde haar gerust. Ik zat voor mijn eindexamen en moest hard leren.

'Dan is de koop gesloten.' Greet vroeg of Bep vast vijfentwintig gulden vooruit kon vangen. Ik had niks bij me, maar Carla schoot het voor.

Toen ze weg waren liet Carla me een deur zien die aan het eind van de zolder zat. De deur stond in verbinding met de zolders van de andere huizen. Hij zat niet op slot, er kon zo iemand bij ons binnenstappen! Carla zei dat-ie open moest blijven voor als er brand uitbrak. Een paar maanden geleden was een snackbar in de straat helemaal uitgebrand. Dat kon bij ons ook gebeuren omdat we boven een bakkerij woonden.

Ik wilde weten waar de wc was, want de wc van de buurvrouw van éénhoog mocht ik niet gebruiken. Hij was op de overloop van de tweede etage en hoorde bij de man van wie Carla huurde. Maar 's nachts mochten we zijn wc niet gebruiken, want dan maakten we hem wakker. Carla had het wel eens stiekem gedaan toen ze heel nodig moest en toen had hij de wc voor straf twee weken op slot gedaan. Ze wees op een po, die zou ze op de gang zetten zodat ik er ook op kon. Ik vond het wel lastig, want ik had vaak kramp in mijn buik en dat kwam altijd 's nachts.

Carla pakte een grote deksel. 'Dan doe je die erop en dan gooi je hem 's morgens leeg.'

Ik zag mezelf al 's ochtends met die po over de trap lopen. Erg aantrekkelijk leek het me niet, maar het was beter dan afwassen.

7

Juffrouw Pieters begreep kennelijk niet dat ik mijn kamer moest verbouwen. Had ik soms een aannemersbedrijf moeten inhuren? In één week hadden Carla en ik de klus geklaard, terwijl ik anders verveeld in de klas zou hebben gehangen. Ik moest me realiseren dat ik voor mijn eindexamen zat. Alsof ik dat niet deed. Ik had speciaal om mijn huiswerk te kunnen maken een werkblad onder mijn raam getimmerd. Dertig gulden had me dat gekost. Pieters was in me teleurgesteld omdat ik had beloofd me aan de regels te houden. Dat had ik toch gedaan? Na die verbouwing was ik achter elkaar op school geweest, tot gisteren, omdat ik mijn kleren moest wassen. Ik kon toch moeilijk in mijn nakie in de klas gaan zitten. Ik droeg uitsluitend ribfluwelen Levi's pakken en ik had er maar één. Ik had het expres aan het begin van de avond uitgewassen. Kon ik het helpen dat het 's morgens nog niet droog was? Ik had nog een oude spijkerbroek, maar die had wijde pijpen en daar ging ik niet meer mee lopen.

Ik kreeg tweehonderd gulden per maand van de vriend van Liesbeth en daar moest ik alles van doen. Ik wilde heus wel een extra pak kopen, maar dan moest Pieters mij geld geven.

Als ik mijn eindexamen niet zou halen, lag het echt niet aan die ene dag. Zoveel leerden we niet op school. Thuis deed ik veel meer. Gisteren toevallig niet omdat de buurvrouw ruzie met haar zoontje had en hem in de kast had opgesloten. Zelf ging ze boodschappen doen, maar ik zat midden in het geschreeuw. Daar kon ik echt niet bij leren. Ik had haar een keer gezegd dat hij wel erg tekeerging als ze weg was en dat ik het zielig vond. En toen zei ze dat niemand zich met haar opvoeding hoefde te bemoeien. Als het me niet beviel moest ik maar oprotten. Het wilde niet zeggen dat ik nooit thuis kon leren. Ik zou er heus wel aan wennen, ik moest eraan wennen. Er waren wel meer nadelen. Ik was ook vaak alleen, want Carla werkte overdag en 's avonds moest ze naar college. Maar het grote voordeel was dat niemand zich met mijn asbak bemoeide. Van mama moest ik hem altijd leeggooien en van Els en Eva ook. Maar nu kon ik hem laten staan. Ik had een grote vierkante asbak op de kop getikt in de kroeg en daar pasten wel voor een week peuken in. Ik hield van aslucht, en Monique ook. Die kwam speciaal bij mij roken omdat haar moeder de asbak niet alleen leegde maar hem ook nog afwaste. Vaak was-ie dan nog vochtig en dan siste het als we onze sigaret uitdrukten. En dat was het ergste wat er met een sigaret kon gebeuren, dat-ie siste.

Van de week werd ik midden in de nacht wakker van gegil. Het was Bep van éénhoog. Waarschijnlijk kwam haar man naar boven. 'Hoerenloper!' schreeuwde ze. Ik hoorde haar van alles de trap af smijten. En toen begonnen ze nog te vechten ook. Ik hoorde de buurman van driehoog naar beneden gaan. Toen moest ik een shaggie. Ik rookte altijd een sigaret als ik wakker werd. Ik greep naast mijn bed naar mijn pakje shag, maar het was leeg, en ik kon er natuurlijk niet langs om een nieuw pakje uit de automaat te trekken. Het geschreeuw werd steeds erger en ik hoorde nu ook de sirene van een politieauto.

'Iedereen moet zelf uitmaken wat-ie doet,' zei ik tegen juffrouw Pieters. 'Dus ik ook.' En dat vond ze brutaal. Maar ik moest het toch allemaal zelf uitmaken. Dat was erg genoeg. Ik wilde dat Eva het voor me besliste. Dat ik weer bij haar woonde; mijn huiswerk moest maken en op tijd moest gaan slapen; en dat ik niet zoveel mocht roken, en helemaal niet in bed.

8

Het was de eerste keer sinds ik was verhuisd dat Eva naar de Van Hogendorpstraat kwam. Ze kwam niet om naar mijn kamer te kijken. Ze was naar me toe gekomen omdat ik naar school had gebeld en had gezegd dat ik een week rust moest houden. En niet alleen dat, ik had ook gelogen dat ik een lichte hersenschudding had en daar was ze nog het kwaadst over.

Maar ik had het niet gelogen, want zo voelde ik me. En dat kon Eva niet weten, zij was er niet bij toen ik met haar zoontje Joris en zijn vriendje Daan naar de bioscoop ging. Zij wist niet dat Joris onderweg mij geen hand wilde geven, maar alleen Daan, en dat hij niet naast mij maar naast Daan wilde zitten. Misschien had zij wel een slok wijn genomen, precies op het moment dat we thuiskwamen en Joris me bijna van de trap duwde omdat hij eerder dan ik boven wilde zijn, omdat het zijn huis was en ook een beetje van Daan, die nu bij hem logeerde, en niet van mij. Ik was me doodgeschrokken toen ik hem ineens boven aan de trap een klap gaf.

Tegen Eva zei ik dat ik door Joris' schuld, die me opzij had geduwd, mijn hoofd keihard tegen de balk had gestoten. En dat ik hem toen van de schrik een tik had gegeven. Omdat ik misselijk van de pijn was en zo draaierig dat ik dacht dat ik naar beneden zou vallen.

Ze had me moeten troosten, maar dat deed ze niet. Ze had nog gelogen ook. Ze had gezegd dat er niks zou veranderen, maar alles was veranderd. Ze lette niet op mij en nam Joris meteen mee naar het atelier omdat hij huilde. Ze haalde me er niet bij om het uit te praten en op te lossen zodat we het konden vergeten. Ze liet me beneden, bij een vrouw die ik nooit eerder had gezien. Ik stond daar, midden in de kamer, met mijn handen tegen mijn hoofd alsof ik bang was dat mijn hersens anders uit elkaar zouden vallen. Ik voelde dat er iets in mijn hoofd was gebroken, waar meer dan vijf dagen voor nodig waren voor het was hersteld.

Ik stond daar maar in de kamer en hoorde Eva boven tegen Joris praten. En aan mij vroeg ze niks. Ik kon er niet langer tegen en ging weg, naar mijn kamer, en had gewacht tot ze kwam. Maar ze kwam niet.

Toen ik 's morgens wakker werd liep ik naar de telefooncel en belde naar school om me af te melden. Ik zei dat ik was gevallen, een lichte hersenschudding had en van de dokter de rest van de week rust moest houden.

'Ik geef juffrouw Pieters wel even,' zei de conciërge. Maar ik zei dat het te lang zou duren omdat ik draaierig was en moest gaan liggen. En toen had ik opgehangen.

Ik was terug naar mijn kamer gegaan en op mijn bed gaan zitten. En daar zat ik nog steeds. Ook nog toen Eva allang weg was.

9

Mijn asbak, die op de vensterbank stond, zat vanochtend aan mijn raam vastgevroren, zo koud was het vannacht geweest. Het kwam doordat er een gat in het dak van mijn kamer zat. Ik had er een emmertje onder gehangen voor de regen, maar daar had ik nu niets aan. De ijspegels hingen aan het plafond. In die kou kon ik echt geen huiswerk maken. Ik sliep niet alleen met mijn kleren aan, maar vannacht had ik ook mijn laarzen aangehouden.

Juffrouw Pieters zei dat ze voor me had geïnformeerd en dat ik in een pleeggezin kon worden opgenomen. Ik snapte niet waar ze zich druk om maakte. Als de kou voorbij was, dan haalde ik die paar onvoldoendes zo op. Ik had wel vaker een kleine achterstand weggewerkt. Ik moest niet aan een pleeggezin denken. Stel dat het net zoiets was als toen in Egmond, dan werd ik zo gek dat ik helemaal geen eindexamen meer kon doen.

Ik zei dat ze zich geen zorgen hoefde te maken en dat het prima voor elkaar kwam met mijn eindexamen, maar ze bleef maar zeuren. Alsof ik niet genoeg aan mijn hoofd had.

Liesbeth was dit weekend naar Utrecht verhuisd. Ze ging bij haar vriend wonen en kon me geen bijles meer geven. Als ik iets niet snapte mocht ik altijd naar haar toe komen. Heel lief bedacht, maar ik zag mezelf toch niet voor elke som een paar uur reizen. Trouwens, daar had ik het geld niet voor. Ik redde het net. Het zou nog krapper worden, want vanaf morgen ging Carla een maand weg. Dan moest ik de petroleum alleen betalen. En nu met die kou verbruikte de kachel veel meer doordat-ie steeds hoog stond als ik thuis was. Ik had nog geluk dat ik van Josjes moeder elke donderdagavond mocht komen eten.

Juffrouw Pieters had een lijstje voor me gemaakt met namen van leraren voor wiskundebijles die nog een plaatsje open hadden. Ik moest het na het laatste uur ophalen, maar dan was ik er al niet meer. Ik moest boodschappen doen. Vanavond kwam Örsa eten, een Fins meisje. Ze zat op de kunstacademie in Helsinki en was hier in het kader van een uitwisseling. Dat had Eva voor haar geregeld. Of liever gezegd, voor de ouders van Örsa, die net als Eva een huisje in Zuid-Frankrijk hadden. Ik had Örsa bij Eva ontmoet. Het was al een paar dagen geleden, maar ik moest steeds aan haar denken. Ze had een paar keer een sigaret voor me aangestoken en toen Eva niet keek, knipoogde ze naar me. Ik was het eigenlijk helemaal niet van plan, maar toen ze wegging vroeg ik haar om bij me te komen eten. Ze zou om vijf uur komen, dan kon ik toch niet tot het laatste uur op school blijven. Ik had er trouwens geen geduld voor ook. Ik vroeg me af wat ik voor haar zou klaarmaken. Ik zei niks tegen juffrouw Pieters. Ze zou het wel merken dat ik niet langskwam.

Örsa kwam precies om vijf uur. Ze had blauwe druifjes voor me meegenomen. Ik wist niet zo goed hoe ik moest reageren. Ik had nog nooit bloemen van iemand gekregen en ik pakte een glas en zette ze erin.

Ik zette voor mezelf ook een bierglas neer, terwijl ik altijd uit het flesje dronk. Ik wilde een shaggie draaien, maar Örsa zei dat ik mijn pakje maar moest bewaren. Ze had sigaretten bij zich en stak er een voor me aan. Meestal had ik geen gebrek aan gespreksstof, maar nu schoot me niks te binnen. Over school wilde ik het niet hebben omdat zij al op de kunstacademie zat. Ik ergerde me aan mezelf omdat ik voor de derde keer zei dat ik Bastos lekker vond. En dat Monique en ik Gauloise kochten als we onszelf wilden trakteren. Wat was dat nou voor een gesprek? Het kwam ook doordat Örsa maar naar me zat te kijken. Daar werd ik verlegen van. Vooral toen ze zei dat ik mooie handen had. Echte vrouwenhanden die zo goed pasten bij mijn zachte gezicht.

Ik raakte ervan in de war, want niemand mocht zulke dingen tegen me zeggen. Alleen de jongen in mezelf, omdat ik zijn meisje was.

Örsa voelde aan mijn borsten. En ik vond het fijn, nog fijner dan wanneer de jongen het deed. Örsa kuste me, iets waarnaar de jongen al zo lang verlangde en wat nooit had gekund. Örsa fluisterde of ik haar terug wilde kussen, en dat deed ik nog ook. De jongen in me had haar moeten kussen, maar dat deed hij niet. Omdat Örsa niet door een jongen gekust wilde worden. En hij lachte me ook niet uit. Het leek alsof hij ons expres alleen liet. Daardoor durfde ik Örsa te kussen. Ik moest huilen omdat ik het zomaar kon. En ik vroeg Örsa of het echt waar was dat ze alleen met meisjes kuste. En toen keek ze me aan en ze zei ja.

10

Sinds ik Örsa had leren kennen, stond ik uren voor de spiegel. Ik wilde de borsten zien die zij zo mooi vond. Het was net of ik ze zelf voor het eerst zag. Ik had er altijd naar gekeken door de ogen van de jongen die in me zat. Hij had bezit van mijn meisjeslichaam genomen. Maar sinds ik Örsa had leren kennen was hij veranderd, milder geworden en nu na een aantal weken was het alsof hij zich langzaam terugtrok, zonder wrok.

Het was ook eng om hem kwijt te raken, omdat hij me altijd had beschermd en ik nu zelf over mijn lichaam moest beslissen. En dat maakte me soms bang. Dan wilde ik dat hij terugkwam en dat het weer werd zoals vroeger. Dan zette ik mijn kraag op en kamde mijn haar naar achteren. Maar het spel waar ik ooit helemaal in opging werd nu een toneelstukje.

Örsa gaf me een truitje dat ze zelf niet meer droeg en waarvan ze dacht dat het mij mooi zou staan. Ik trok het aan en vroeg me af wat de jongen ervan zou vinden, maar hij zei dat ik zelf moest uitmaken hoe het me stond. En ik keek naar mijn borsten die uit het truitje bolden en ik vond ze mooi.

De verandering kon me ook ineens in de war maken. Dat kon onder de les gebeuren en dan moest ik naar huis om zelf te zien en te voelen hoe het was om een meisje te zijn.

En daarom riep juffrouw Pieters me bij zich en zei dat ik met mijn hoofd bij andere dingen zat. Wat bedoelde ze nou? Natuurlijk wilde ik mijn eindexamen halen, maar ging de jongen het ook halen of was hij er dan al niet meer?

Het was mijn geheim, waar ik met niemand over kon praten en zeker niet met haar. Ze zou er nooit iets van begrijpen. De wereld zat gek in elkaar: iemand die totaal geen besef had van wat er om haar heen gebeurde, had nog macht ook. Zij kon bepalen of ik een diploma kreeg of niet. Ze had gedreigd me van het examen uit te sluiten als ik nog een keer zonder gegronde reden verzuimde. Ze had er speciaal een systeem voor bedacht. Ik kreeg een kaart die elke leraar aan het begin en aan het eind van de les moest aftekenen als bewijs dat ik de les had gevolgd. De kaart zat in mijn tas en ik moest er de hele dag mee rondlopen en hem aan het eind van de dag inleveren. En dat allemaal voor mijn eigen bestwil, dat geloofde ze ook nog. Had ze dan helemaal geen hersens? Ik had er een hekel aan om haar elke dag te zien.

Het ergste vond ik nog dat ze me voortdurend voorhield dat de school bij uitstek een plek was waar ik me kon ontwikkelen. Dat zei ze tegen mij. Ik, die sinds Örsa in mijn leven was gekomen een complete metamorfose onderging. Mijn halve ik was bezig me te verlaten. Ik begon me ineens een meisje te voelen en de jongen liet het toe.

II

Het schriftelijk eindexamen begon al over vier weken. Het was geen reden voor paniek, alleen een kwestie van mijn werkschema aanpassen. En dat leek me niet zo moeilijk. De stof die ik eerst over een heel trimester wilde verdelen, propte ik nu in een maand. Uiteindelijk was het veel gunstiger dat de periode korter was, want dan kon ik me er voor de volle 100 procent op storten. Ik had al vaker gemerkt dat ik onder de druk van een naderende deadline veel betere prestaties leverde.

Het probleem was alleen dat ik nu, uitgerekend nu het eropaan kwam, me niet kon concentreren. Ik kende dit niet van mezelf. Ik was iemand die als het nodig was, dagen achter elkaar achter een bureau kon zitten. Desnoods zonder te slapen. Ik had het nooit gedaan, omdat er geen reden voor was, maar ik was ervan overtuigd dat ik het kon.

Maar nu lukte het niet. Zodra ik aan het werk was, werd ik overvallen door onrustige gedachten. Dan keek ik naar mijn hand die schreef. Op zich was daar niks vreemds aan, als ik schreef keek ik altijd naar mijn hand. Maar dan was het mijn hand, die ik stuurde en nu leek het net of die hand niks met mij te maken had. En dan dacht ik dat ik nergens meer de baas over was, ook niet over mijn gedachten. Ik werd bang voor mezelf, want nu schreef mijn hand, maar hij kon van alles gaan doen. Mijn hele lichaam kon dingen doen die ik niet wilde. En dan brak het zweet me uit, omdat ik het niet meer vertrouwde en ik niet langer alleen durfde te zijn. Ik rende de trap af, naar buiten, en dan holde ik de straat uit zonder dat ik wist waarheen. Ik voelde dat de mensen me nakeken omdat ik tegen hen aan botste en ineens stond ik dan stil, ergens ver van huis. In een straat die ik niet kende en dan begreep ik niet waarom ik stilstond, maar ook niet waarom ik zo hard had gerend. En dan dacht ik dat er iets was gebeurd, iets waarvoor ik op de vlucht was. Zo voelde het ook, als een vlucht.

'Rustig,' zei ik dan tegen mezelf. 'Rustig blijven, er is niets aan de hand. Het komt door juffrouw Pieters.' Ik had vanaf het begin geweten dat ze me gek zou maken. Maar ik had ervoor gekozen om te blijven en dat moest ik nu ook doen, omdat ik vlak bij de eindstreep was. Juffrouw Pieters stelt niks voor, niets stelt iets voor, zei ik tegen mezelf, ook niet hoe ik me nu voelde, en dan werd mijn adem langzaam rustiger. En dan liep ik terug naar huis en paste mijn schema aan, omdat ik weer een dag minder had.

Maar vandaag lukte het niet. Ik stond stil op het Nassauplein en langs me raasden allemaal auto's. Ik sprak mezelf toe, maar het hielp niet. Ik moest met iemand praten en ik rende naar huis en reed weg op mijn brommer. Bij Els kon ik niet terecht, want die zat op haar werk. En Monique en Sylvia waren er niet. Bij Josje was ik deze week al drie keer aan komen zetten. En Eva mocht niet weten hoe ik me voelde. Ik reed door de Van Baerlestraat en toen werd ik rustig, want ik was er vlakbij, bij het huis van juffrouw Bont. Ik wist dat ik niet anders kon en gaf me eraan over. Ik kon geen eindexamen doen zonder haar. En ik zette mijn brommer voor haar deur. Ik keek naar het naambordje en daar stond het: L.C. BONT. Toen belde ik aan.

Ik had verwacht dat elke tree van de trap die naar haar etage leidde, bedekt zou zijn met dik tapijt, waarin mijn voeten zouden wegzakken. Ook dat het trappenhuis vol zou hangen met kunst. Het klopte feilloos. Maar dat het bij juffrouw Bont 's middags om drie uur naar wortelen met uien zou ruiken, dat had ik nooit kunnen bedenken.

Ze zei dat ik haar verraste met mijn komst. En ik geloofde haar. Want ondanks het feit dat ik dacht dat ze wist dat ik zou komen, kreeg ze tranen in haar ogen toen ze me zag. Maar dat kwam misschien ook omdat ik mijn armen om haar middel sloeg en mijn hoofd tegen haar borst drukte. En toen streelde ze mijn hoofd en zei dat het wel goed zou komen en daarmee verraadde ze zichzelf, omdat ik haar nog niks had verteld.

Ze vroeg of ik thee wilde en zonder erbij na te denken zei ik ja. Ik voelde de spanning toen ik het kopje naar mijn mond bracht, maar ik trilde niet.

Ik was er nog maar kort toen ze opstond en me een zijkamertje liet zien. Er stond een bureau, en het leek haar een goed idee dat ik daar 's middags mijn huiswerk zou maken. Wat haar betrof kon ik dan ook blijven eten. Ik keek naar het bureau dat al helemaal leeg was gemaakt. Ik mocht erover nadenken, maar ik wist het antwoord nu al omdat ik precies wist hoe het zou gaan. Het begon met huiswerk maken en eten en ineens woonde ik toch bij haar. Er was maar één vrouw bij wie ik wilde wonen, van wie ik wilde dat ze mijn moeder was en dat was Eva. Ik zei dat het niet nodig was omdat ik prima op schema lag. En dat klopte ook, want als ik vanavond mijn programma bijstelde had ik geen enkele achterstand.

We vermeden beiden het onderwerp juffrouw Pieters. Ze vroeg hoe het met mijn dichtkunst was en ze haalde haar lievelingsbundel uit de kast met verzen van E. du Perron en ging in de kamer staan en droeg er een voor. Ik keek naar haar en wilde dat ze me kuste en me net als Örsa streelde. Ik wilde uit haar mond horen dat ik mooie borsten had. Het verlangen werd zo groot dat ik het in mijn hele lichaam voelde. Ze moest stoppen met voordragen omdat de bel ging.

Het was de dokter en ze vroeg me te wachten omdat hij haar

moest onderzoeken. Ze nam hem mee naar de slaapkamer, maar het duurde maar heel even, veel te kort om een diagnose te stellen, maar waarschijnlijk lang genoeg om over mij te vertellen.

Toen ze de kamer inkwamen vroeg ze de dokter naar mij te kijken omdat hij er toch was. En de dokter knikte en stelde vragen waar ik liever geen antwoord op gaf. En toen schreef hij librium voor omdat hij dacht dat ik wel iets kalmerends kon gebruiken.

Ik had nog steeds mijn twijfels, omdat het ook toeval kon zijn dat de dokter net langskwam toen ik er was. Maar toen ik na een uurtje buiten stond met een Tupperware-doosje hutspot voor minstens twee dagen, wist ik zeker waarom de dokter plotseling langs was gekomen, het bureau was leeggemaakt en ze midden op de dag hutspot had gekookt.

Ze had het allemaal perfect voorbereid.

12

Ondertussen had ik mijn schema zo moeten indikken dat het niet meer haalbaar was, zelfs al zou ik deze laatste twee weken dag en nacht doorwerken. Maar ineens kwam de verlossende gedachte. Ik had helemaal geen schema nodig.

Voor een eindexamen hoefde je niet te werken. Dat hadden ze maar bedacht om het interessant te maken. Die leugen was van generatie op generatie doorgegeven en tot nu toe had niemand 'm doorzien. Ze hadden het klakkeloos aangenomen omdat ze helemaal geen tijd kregen om na te denken, omdat ze groen zagen van het woordjes stampen. En dat was mij om allerlei duistere redenen niet gelukt. Het werd me ineens glashelder. Het eindexamen was een test van wat ik in die zes jaar had geleerd. Als het goed was moesten we alles wat gevraagd kon worden, hebben gehad. Dat zat ergens opgeslagen, vlak vooraan, want het laatste jaar hadden we alle stof herhaald.

Hoe vaak had juffrouw Bont het niet gezegd: Op de hbs-b leer je logisch denken. Ik was zo'n beetje de enige die dat nu deed. Ik had het allerbelangrijkste vraagstuk goed beantwoord. Hoe bereid je je voor op het eindexamen? Niet.

Ik was al geslaagd. Eigenlijk moesten ze mij het diploma zo geven, maar ik wist hoe ze waren. Het moest eerst bewezen worden. Alles moest je altijd bewijzen. Zoals u wilt, dames en heren.

Ik pakte het schema en hield mijn aansteker eronder. Ik keek tevreden naar de as die overbleef. Ik had nog twee weken om uit te rusten, om mijn hersens te laten prikkelen door zeelucht. Dat was míjn voorbereiding.

13

Twee weken lang had ik lijsten aangelegd met alle schooldagen die er waren geweest en daarna had ik weer afzonderlijke lijsten gemaakt met de verplichte uren en die per vak onderverdeeld. Het was een heel gepuzzel, want de uren die ik had verzuimd moesten er weer van worden afgetrokken. De uitslag was positief, ik had iets meer dan de helft van de lessen gevolgd. Volgens mijn theorie moest ik dus kunnen slagen. Maar elke keer als ik dacht dat ik klaar was kwamen er weer een paar lessen in mijn hoofd die ik verzuimd had en dan klopte het weer niet. Even dreigde mijn kans van slagen minder te worden, maar toen bedacht ik dat er ook lessen waren geweest waarin ik me voor de volle 100 procent had geconcentreerd en ik besloot dat die dubbel mochten tellen.

14

Het was 8 mei. Ze hadden er van alles aan gedaan om ons de stuipen op het lijf te jagen. De deur van de gymzaal, waar we altijd gewoon in en uit liepen, zat nu op slot. Juffrouw Pieters kwam met een doodgraversgezicht aanlopen en maakte hem open. We zaten niet gezellig door elkaar, wat het meer ontspannen gemaakt had, maar in lange rijen achter elkaar. En aan elke tafel hing een nummer.

Een meisje begon te janken omdat ze 13 had. Alsof het daarom ging, of je nou 13 of zoals ik 68 had, wilde je slagen, dan moest je die vraagstukken kunnen beantwoorden. Voordat we allemaal mee zouden gaan janken, werd er gauw 12a van gemaakt. En toen was ze opgelucht. Zo iemand moest gediskwalificeerd worden. Anders ging ze straks nog met een diploma naar huis, het bewijs dat ze logisch kon denken.

Ik was misselijk. Juffrouw Pieters bood me een pilletje aan. Maar wat moest ik met een pilletje. Een sigaret zou helpen, maar we mochten niet roken. Daardoor was ik ook extra gestrest. Ik werd gek van de gedachte dat ik drie uur achter elkaar niet mocht roken. Het was me nog nooit gelukt, alleen 's nachts, maar dan had ik de vrijheid om wakker te worden en er een op te steken. En ik kon ook niet stiekem op de wc roken, want dan ging er iemand van de surveillanten mee.

Juffrouw Pieters haalde de bruine envelop waar de natuur-kundevraagstukken in zaten uit haar tas. Het werd doodstil. Ik deed vlug even een gebedje. Ze liet zien dat de envelop was verzegeld, alsof mij dat iets kon schelen. Scheur dat ding open, mens. Ik wilde 'm wel uit haar handen rukken. Waarom moest dat zo traag? Wat een machtsvertoon, snapte ze niet wat dit voor ons betekende? Hier hadden we zes jaar lang naartoe gewerkt.

Eindelijk kwamen de vraagstukken uit de envelop. Er waren vier surveillanten, maar alleen juffrouw Pieters deelde de examenopgaven uit. Ze had het tempo van een bejaarde, en dat voor een gymlerares!

Had ik maar 13 gehad, dan kon ik al beginnen. Ik werd steeds draaieriger. Zo meteen was ik al flauwgevallen voor ik die opgaven had gezien. Ze was bij Monique, die had 52. Nu kon het niet lang meer duren. Ik ademde diep in. Nog even en dan kon ik laten zien wat ze mij in die zes jaar hadden geleerd.

Het was zover. Ik trilde toen ik de vraagstukken doorlas. Ik kon me niet concentreren omdat iedereen om me heen al zat te pennen, en las ze steeds opnieuw over. En toen kreeg ik vlekken voor mijn ogen. Ik wist er niet één. Het was bewezen: de hele opleiding stelde niks voor.

15

De examencommissie was aan het vergaderen, en dan zou juffrouw Pieters de uitslag bekendmaken. Wij waren aan het wachten. Over enkele minuten zou ze mij mijn diploma moeten overhandigen. In de maanden dat ze rectrix was had ze zich volledig op mijn functioneren gefixeerd. Dat kon niet anders dan een vlucht zijn, omdat ze op de omvangrijke taak waarvoor ze werkelijk was aangesteld geen enkele grip had.

Vanaf morgen zou ze echt invulling aan haar ambt als rectrix moeten geven en ik wist zeker dat ze dat niet kon.

Na het schriftelijk eindexamen vroeg ze me of ik al plannen had voor het geval ik was gezakt. Een belachelijke gedachte. Ik geef toe dat het er toen inderdaad niet zo gunstig uitzag, maar dat betekende niet dat ik het niet zou halen. Ik vertrouwde blind op juffrouw Bont. Toen ik haar vertelde dat het niet goed was gegaan, bleef ze kalm en verzekerde mij dat er geen enkele reden tot paniek was. Ik moest het van mijn mondeling hebben omdat ik een goede prater was. Nogmaals drong ze aan dat ik bij haar moest komen studeren. Ik vond het pijnlijk om haar aanbod voor de tweede keer af te moeten wijzen.

Ik voelde haar macht toen ik begin juni het lokaal binnenkwam. Terwijl ik vijf minuten van tevoren nog trilde van de zenuwen leek het nu alsof ik alle touwtjes in handen had. En de
examinatoren lieten het toe. Geleerden, die sprakeloos waren
en mij niet onderbraken. Ze lieten zich helemaal door mij, of
beter gezegd door haar, overspoelen. Ik vroeg me af wat ze zouden vertellen als ze thuiskwamen. Ze waren allemaal in dienst
van de overheid. Unaniem hadden ze gekozen voor de zeker-
heid dat ze elke dag uitgeblust in een stoel neerzakten als ze
thuiskwamen, om op de helft van de avond in slaap te sukke-
len. Het moest hun echtgenoten zijn opgevallen dat plotseling
de adrenaline hun oren uit kwam. Want ik had het examen telkens op een ander onderwerp weten te brengen. Iets waar het
in het leven echt om ging: de innerlijke wereld. Ik had ze aan
het verstand gebracht dat het niks te betekenen had dat ik de
antwoorden op hun vragen niet wist. We konden nou wel met
z'n allen heel geleerd doen, maar als het eropaan kwam, wist
niemand iets over iets. En daar konden ze mij toch moeilijk
ongelijk in geven. In elk geval waren ze verstandig genoeg om
daarover niet in discussie te gaan.

Mijn wiskunde-examinator merkte op dat ik wel een aparte
was. En toen droeg ik een gedicht van Edgar Allan Poe voor.

Alone

From childhood's hour I have not been
As others were – I have not seen
As others saw – I could not bring
My passions from the common spring.
From the same source I have not taken
My sorrow; I could not awaken
My heart to joy at the same tone;
And all I loved, I loved alone.

De examinator was sprakeloos. De rest van het mondeling hield ik een monoloog. Ik wist zeker dat ik als een van de besten was geslaagd. Ze zouden nog lang over me praten. Het zou me niks verbazen als de examinator van scheikunde me op een dag opzocht om verder van gedachten te wisselen. Want hem had ik in verwarring gebracht met mijn theorieën over de kosmos. Hij was steeds bleker geworden.

Ik dacht aan juffrouw Pieters die zich nu zat te verbijten op de vergadering omdat haar voorspellingen niet uitkwamen. Ik had al haar goedbedoelde raad in de wind geslagen. Het moest voor haar een raadsel zijn dat ik toch was geslaagd. Ze dacht dat ze zomaar alles in bezit had kunnen nemen van iemand die huizenhoog boven haar uittorende. Maar het fenomeen L.C. Bont had haar lik op stuk gegeven.

16

Ze duwden een natte theedoek in mijn gezicht om me te kalmeren. Maar ik huilde niet alleen omdat ik geen diploma kreeg. Het ging mij erom dat ik zo stom was geweest om haar te vertrouwen. L.C. Bont had niet alleen mij, maar iedereen getroffen die zich voor mijn examen had ingezet. Ze stonden allemaal buiten te wachten met bloemen. Els, Liesbeth, Örsa en de moeder van Josje, die twee bossen bij zich had. Nog een geluk dat Eva er niet bij kon zijn omdat ze ziek was.

Juffrouw Bont moet het ineens hebben bedacht toen ik haar zijkamertje voor de tweede keer had afgewezen. Ze had revanche genomen en haar macht misbruikt.

Ze kwam de school in, omdat ze spijt had. Maar het was te laat. Ik wilde haar nooit meer zien, draaide me om en liep weg.

17

Als de jongen in mij nog de baas was geweest, had ik Liesbeth gerustgesteld en al haar zorgen weggewuifd.

'Het geeft niet dat je geen vrij kunt nemen omdat je baas op vakantie is,' had ik dan tegen Els gezegd. 'Je kunt me makkelijk alleen laten. Zo'n klap is het nou ook weer niet. Ik had wel verwacht dat ik zou zakken. Geloof me, het was even een teleurstelling, maar ik ben er alweer overheen.' Ik zou een sigaret hebben opgestoken en hen hebben uitgezwaaid. En pas als ik alleen op mijn kamer was, waar niemand me kon horen, had ik gehuild.

Maar nu was het anders. Van het meisje mocht ik huilen toen Els me naar zich toe trok, en zeggen dat ik ook niet meer wist hoe het verder moest. En mocht ik eerlijk toegeven dat ik in Utrecht bij Liesbeth wilde logeren, in plaats van alleen op mijn kamer te blijven. Omdat het verlangen naar Eva dan nog groter zou worden. Want ik miste haar troostende woorden. Eva lag met longontsteking op bed. Ze had hoge koorts en was zwak. Te zwak om mij te ontvangen.

Ik moest roken en lezen en lezen en roken, zodat ik niet hoefde te denken. Ik zat de hele dag boven in de logeerkamer en alleen als Els belde kwam ik naar beneden om met haar te praten. Af en toe bracht Liesbeth mij wat te eten. Natuurlijk wilde ik wel liever aan tafel zitten, maar ik kon toch moeilijk bij haar aan tafel lezen. En als ik niet las, ging ik vanzelf denken.

Liesbeth liet me mijn gang gaan; alleen als ze me door de rook niet meer kon zien, zette ze een raampje open.

Ik wist dat het moeilijk zou worden om verder te leven, en had besloten mezelf te trainen door Kafka te lezen. Sommige mensen konden Kafka niet aan. Maar mij gingen *Het slot* en *Het proces* goed af. En toen ik zelfs *De gedaanteverwisseling* had doorgewerkt, wist ik dat ik de realiteit ook aan zou kunnen.

18

Mama was boos toen ik langskwam, omdat ik lange tijd niks van me had laten horen.

Papa zat achter de krant en zei niks.

Ik vertelde dat het kwam omdat ik voor mijn eindexamen was gezakt.

'Ik had niet anders verwacht,' zei papa.

'Je zult je hele leven wel overal voor zakken,' zei mama, 'net als je vader. Dat hoeft toch niet te betekenen dat we je nooit meer te zien krijgen? Het lijkt wel of je geen ouders hebt. En het ergste is nog dat ik van jou afhankelijk ben. Je dacht toch niet dat ik naar jou toe kan komen? Als ik al die trappen op moet kan ik mijn benen wel meteen inzwachtelen.'

Ik zei dat ze me weer een tijdje niet zouden zien. Ik ging naar Frankrijk, omdat Örsa me had uitgenodigd.

'Örsa?' vroeg mama. 'Wie heet er nou Örsa?'

Ik legde uit dat ze uit Finland kwam, waarop mama vroeg wat ik in godschristus' naam met iemand uit Finland moest. Ze snapte niet dat ik daar wel tijd voor had en niet voor mijn eigen moeder. Ik wilde vertellen hoe ik Örsa had leren kennen, maar mama kon niet langer praten en moest een handwasje doen. Ze zei dat het elke week weer een crime was, omdat ze het in een recordtempo af moest hebben, anders kreeg ze eczeem op haar handen van de rubberhandschoenen. En ze ging ook niet met haar blote handen in het sop want dan kon ze na afloop de vellen van haar handen trekken.

Ik liep met haar mee naar de badkamer. Ze legde alles wat ze te wassen had klaar, daarna maakte ze een sopje en pas op het allerlaatste moment trok ze haar rubberhandschoenen aan. Ineens begon ze te vloeken omdat ze de linker al aanhad, en de rechterhandschoen niet over haar ring ging.

'Zie je nou, dat komt door jou. Ik had mijn ring van tevoren moeten afdoen.' En ze deed de handschoen uit en rukte aan haar ring.

'Zeep!' riep ze. 'Ik heb zeep nodig!' en ze griste de zeep uit het bakje en smeerde die over haar vinger. Haar handen waren zo glad dat ze de ring niet af kreeg.

'Zal ik het doen?' vroeg ik.

'Als je het voorzichtig kan,' zei ze. 'Dat ik straks niet een gebroken vinger heb.' Ze stak haar ringvinger naar voren.

Ik hield de ring in mijn hand toen ze snel de handschoen aandeed. 'Daar heb je het al,' zei ze. 'Mijn linkerhand begint al te jeuken.' Ze smeet vloekend de kleding in het sop en vroeg of ik weg wilde gaan omdat ik haar op d'r zenuwen werkte.

Toen ik de kamer inkwam deed papa de krant opzij. 'Ik snap het niet. Dat je je moeder niet wilde zien, daar kan ik nog inkomen. Maar de winkel van je vader wist je toch wel te vinden?'

Ik zei dat ik er niet aan had gedacht.

'Weet je wat het met jou is?' zei papa. 'Jij leeft alleen maar voor de lol. Maar het wordt nou wel eens tijd dat je serieus wordt.'

Ik knikte. En zei dat ik weg moest omdat mijn trein vertrok.

'Goeie reis,' zei papa. 'En als ik je niet meer zie, stuur je kop op, dan kunnen we nog eens praten.'

Ik liep de badkamer in. Mama stond voor het lavet.

'Ik ga,' zei ik.

'Leid me alsjeblieft niet af,' zei mama. 'Het zal erom hangen of ik het red.' En ze spoelde het laatste kledingstuk uit.

19

Ik stond in het gangpad tussen twee reizigers in geperst, maar het kon me niks schelen dat ik geen zitplaats had. Met elk rookkringetje dat ik uit het treinraampje blies kwam ik dichter bij Eva.

Alleen Örsa wist dat ik zou komen. Ze zag er stralend uit toen ze me op het perron in Avignon opwachtte en kuste me alsof ze me in geen jaren had gezien.

Onderweg naar het huis van haar ouders liet ze me van alles zien. Omdat ze hier elke zomer had doorgebracht, vanaf dat ze een baby was, vertelde ze als een volleerd gids over de omgeving. Ik slurpte elk woord op, omdat het over de plek ging waar Eva zo vaak over had verteld en waar ze zo gelukkig was.

Ik had wel de hele zomer bij Örsa kunnen blijven, maar diezelfde middag nog nam ze me mee naar een heuvel die uitkeek op een vallei, en waar ze heel bijzondere herinneringen aan had. Een Franse jongen met wie ze elke zomer omging had haar daar ooit mee naartoe genomen en een liefdesverklaring afgelegd. Het had veel indruk op haar gemaakt, want ze wist behalve de plek nog precies de dag en het uur. Ze vertelde dat het heel verdrietig was gelopen, omdat ze hem had moeten teleurstellen.

Ik moest op dezelfde plek gaan zitten waar zij ooit zat en toen legde ze voor mij een liefdesverklaring af. Daarna haalde ze twee ringetjes uit haar zak. Ik vond het bijzonder, omdat ik nog nooit een ring had gehad.

Voor we de ringen aan elkaars vinger mochten schuiven, moest ik nog één vraag beantwoorden. Wilde ik als haar geliefde door het leven gaan en in Finland komen wonen?

Ik kreeg het benauwd, een druk op mijn borst die ik alleen maar met een sigaret kon verzachten, maar Örsa had me net verteld dat ik hier niet mocht roken omdat het zo droog was. Ook zonder sigaret wist ik dat ik haar heel lief vond, maar dat mijn gevoelens niet groot genoeg waren om me aan haar te binden. Ik vond dat ze recht had op een eerlijk antwoord.

Örsa voelde zich afgewezen en wilde dat ik vertrok, terwijl ik nog maar net was aangekomen. Mijn rugzak stond nog onaangeroerd in de vakantiewoning van haar ouders. Ik vroeg of de beslissing niet wat overhaast was en toen begon ze tegen me te schreeuwen. Gelukkig was het in het Fins en kon ik het niet verstaan.

Op de heenweg hadden we hand in hand door het landschap gelopen, maar nu marcheerden we achter elkaar. Ik trapte nog in een doorn die zich dwars door mijn teenslipper in mijn voet boorde, en vroeg of ze even wilde wachten. Ze vertraagde alleen haar pas.

Ik zag het aan de rode besteleend die voor de bakkerswinkel stond en waarvan ik het nummerbord uit mijn hoofd kende. Joris was de eerste die me zag. Hij rende naar buiten en sprong in mijn armen. En toen kwam Eva de winkel uit. Ze had nog nooit zo naar me gekeken. Ik kon niet geloven dat het mogelijk was en ook niet dat zij het was die een ijskoude kus op mijn wang drukte. Het moest een vergissing zijn. Ze had me niet herkend. Ze hield me voor een ander.

'Wat kom je hier doen?' vroeg ze. 'Deze plek is voor mij privé, dat weet je heel goed en dat wil ik graag zo houden.' Ze draaide zich om en liep weg.

Joris hield me vast. Ik hoopte dat hij me vast zou blijven houden en haar zou zeggen dat ze dit niet kon maken. Maar hij was nog zo klein en toen Eva hem voor de derde keer riep maakte hij zich langzaam van me los. Bij de auto bleef hij staan. 'Waarom ga je niet mee?' vroeg hij. 'Je bent toch mijn grote zus?'

Eva duwde hem de auto in en toen reden ze weg.

Ik ben nog drie dagen in het dorp gebleven, in de hoop dat Eva me zou zoeken, maar ze kwam niet.

20

Ik wenste dat de bus naar Avignon een ravijn in zou storten, dat de trein ontspoorde, maar na meer dan een nacht rijden kwam hij in Amsterdam aan. Ik had de hele reis tegen niemand iets gezegd.

Ik hoopte nog op een telegram, of een telefoontje, maar het bleef stil.

Dagen sloot ik me op in mijn kamer, in bed. Niemand wist dat ik al terug was. Ze mochten het ook niet weten. Alleen Els, maar die was op vakantie. Verder mocht niemand zien hoe ik eruitzag nu ik niet langer de dochter van Eva was.

21

Al dagen had ik me in mijn kamer opgesloten, en gedaan of ik niet bestond, maar ineens besefte ik dat het zo niet kon blijven. Ik moest een manier vinden om verder te leven zonder dat ik de dochter van Eva was. Ooit had ik geweten hoe dat moest. Drie wetten hadden me vroeger overeind gehouden en die moesten weer als vanzelfsprekend worden. Met twee ervan had ik nooit gebroken. Ik masturbeerde nog steeds, ook al was het anders omdat de jongen die het meisje beminde er niet meer was. En mijn asbak lag ook nog vol peuken. Maar ik had al lange tijd niet meer op mijn brommer door de stad gecrost.

Niet remmen! Het was het enige waar ik aan dacht toen ik over de Nassaukade reed. Een eindje verderop zat een kuil in de weg. Fietsers gingen er met z'n tweeën tegelijk omheen. Daardoor was er voor mij geen ruimte over om erlangs te gaan. Maar ik mocht ook niet remmen. Vol gas spoot ik door de kuil. Ik voelde dat ik de macht over het stuur verloor. Secondenlang vloog ik door de lucht. Het leek alsof alles stopte: mijn ademhaling, mijn gedachten. Maar plotseling kwam ik op straat terecht, met een klap, alsof alles wat in de lucht in mijn lichaam was losgeraakt uit elkaar moest vallen. De klap was zo hard dat ik erdoor werd verdoofd. En mijn gezicht, dat tegen het asfalt zat geplakt, deed zo'n pijn dat ik het haast niet voelde.

'Blijf maar liggen...' Ik hoorde stemmen van mensen die om me heen stonden. Ik ving flarden van gesprekken op en toen werd het weer stil.

'Dat ziet er niet best uit...'

'Bel een ambulance.'

'Is al gebeurd...'

'Rustig maar, wij zijn bij je.' Een man boog zich over me heen. En toen hoorde ik de ambulance aankomen.

Voorzichtig werd ik op de brancard geschoven. Een vrouw stopte nog net voor ik door twee broeders de ambulance in werd gedragen, het sleuteltje van mijn brommer in mijn jaszak.

Ik probeerde iets te zeggen, maar mijn mond kon niet bewegen.

'Je tanden zijn eruit gevallen,' zei de broeder. Hij ging met zijn hand in mijn mond en haalde er slierten bloed uit zodat ik niet kon stikken. De deur van de ambulance ging dicht.

Ik voelde de hand van de broeder die naast me zat op mijn hoofd.

'Ben je misselijk?' vroeg hij.

Ik knikte. En toen hield hij een bakje naast me waarin ik kon spugen. Ik was altijd bang voor spugen geweest, maar nu dacht ik er niet aan. Ik dacht alleen maar dat het zo fijn was dat ik niet meer alleen was.

22

Er was iets met mijn hersenen, dat merkte ik pas toen ik het ziekenhuis was binnengebracht. Ik had ze aan flarden gereden. Ik wist zeker dat het papa was die net naast me stond. Ik had zijn stem ook herkend, maar een seconde later bleek dat hij er helemaal niet was. Ik zag waanbeelden.

In paniek richtte ik me op, maar de verpleegster kwam meteen aangehold. 'Je moet blijven liggen.'

Waarom moest ik blijven liggen? Waren ze soms bang dat ik als een wilde om me heen zou gaan slaan? Zo meteen bonden ze me nog vast.

Er kwam een dokter naar me toe die zei dat hij plastisch chirurg was en de wondjes in mijn gezicht zo mooi zou hechten dat er over een poosje niks meer van te zien zou zijn. Het tussenschot in mijn neus zouden ze rechtzetten. En voor mijn mond waren prachtige oplossingen. Er was geen reden tot paniek. Maar ik maakte me helemaal niet druk om het verlies van mijn tanden. Het ging me om mijn hoofd en daar zeiden ze niks over. Ze hadden foto's gemaakt. Daarop moesten ze hebben gezien dat er iets in mijn kop kapot was, iets wat niet meer kon worden gerepareerd. Daarom durfden ze het me niet te vertellen. Misschien dachten ze wel dat ik het toch niet kon begrijpen omdat er een lek in mijn kop zat waardoor mijn hersens alle kanten op sijpelden.

'Ik zag mijn vader,' zei ik. 'Ik zag hem naast me staan en ik herkende zijn stem.'

'Het komt allemaal goed,' zei de verpleegster.

Waarom ging ze er niet op in? Ze wilde me alleen maar kalmeren. Als ze me hadden opgekalefaterd, werd ik naar het gekkenhuis gebracht.

'Hoe kan het nou dat ik mijn vader zag?' Ik moest het weten.

'Omdat hij ook even bij je was,' zei de verpleegster. 'Maak je niet ongerust. Je vader krijgt een cognacje, dat doen we wel vaker als iemand flauwvalt.'

23

Ik had hem leren kennen doordat hij een vakantiebaantje in het ziekenhuis had en mij met mijn bed naar de röntgenafdeling had gereden. Arnout heette hij en hij vroeg wat ik deed. Ik vertelde dat ik dit jaar van school was gekomen zonder diploma.

Hij zei dat hij niks om diploma's gaf. Hij was zelf van de kunstacademie gegaan. Hij wilde beeldhouwer worden maar dat leerde je daar niet. Het was tijdverspilling geweest, meer niet.

We vulden elkaars zinnen zo aan. De mensen die echt iets hadden bereikt waren autodidact. Hij zei dat het allemaal angst was. Mensen zochten kunstmatige houvasten in de vorm van vaste aanstellingen en diploma's. Daarmee namen ze zichzelf in de maling.

'Iedereen is bang,' zei Arnout. 'Dat komt omdat we geen grip op ons leven hebben.' Volgens hem was er maar één manier om die angst te bezweren en dat was creativiteit.

Arnout kwam steeds vaker langs en dan voerden we gesprekken die niemand kon volgen.

We kenden elkaar nog maar kort, maar het kon geen toeval

zijn dat ik hem had ontmoet. Juist op het moment in mijn leven dat ik niet wist hoe het verder moest, las hij mij zijn lieve-
lingsgedicht voor van Charles-Pierre Baudelaire:

Word dronken

Men moet altijd dronken zijn. Zo is het: dat is het enige
   waarom het gaat.
Om niet de vreselijke last van de tijd te voelen, die Uw
   schouders breekt en buigt naar de aarde, moet U aan
   één stuk dronken zijn.
Maar hoe? Van wijn, poëzie of deugd, het staat U vrij.
Maar dronken moet U zijn.

24

Papa had Els nog steeds niet kunnen bereiken, maar toch voelde ik me niet zo heel erg eenzaam, want Arnout zat zowat elk bezoekuur bij me. En op een dag vroeg hij waarom mama nog niet was geweest. Ik vertelde over haar ziekte, waardoor ze er niet tegen kon om mij zo te zien.

En toen vertelde Arnout dat zijn moeder precies de tegenovergestelde ziekte had. Ze zou er ook niet tegen kunnen als hij hier lag, want ze zou de zorg voor haar zoon niet aan de doktoren kunnen toevertrouwen. Hij wist zeker dat ze eten voor hem het ziekenhuis binnen zou smokkelen, omdat alleen wat zij had bereid goed voor hem was. En dat ze bij elk onderzoek zou willen zijn, zodat ze in de gaten kon houden dat er niks misging. Ze zou zelfs mee de operatiekamer in zijn gegaan en alleen met geweld hadden ze haar eruit kunnen krijgen.

Arnout vertelde dat ze door haar overbezorgdheid regelmatig overspannen was en dan in een rusthuis moest worden opgenomen. Maar dan bedacht ze ineens dat haar kinderen zonder haar niet in leven konden blijven en liep ze weg en ging terug naar huis, en werd een poosje later weer gillend door de ziekenbroeders weggevoerd.

Arnout hield stil, omdat er een verpleegster binnenkwam.

Ze keek heel lief naar me, veel liever dan naar de andere patiënten op de zaal. Dat moest Arnout ook opvallen. Ze had aan het begin van de week verteld dat ze eigenlijk op een andere afdeling hoorde, maar ze was er nog steeds. Ik wist wel waarom ze zo aardig deed. Ze wilde dat ik haar dochter was...

In een flits zag ik al voor me hoe mijn kamer in haar huis eruit zou zien. Maar toen schrok ik. Ik wilde helemaal niet dat zij mijn moeder werd. Ik wilde alleen dat Eva mijn moeder was, maar ik was haar dochter niet. Ik was bang, want ik was niemands dochter. Kon ik dan wel verderleven?

Nog nooit was iets met zo veel geweld tot me doorgedrongen. Het besef was er plotseling, het besef dat ik wél iemands dochter was. Van de schok begon ik te trillen en tegelijk moest ik huilen omdat ik de dochter was van iemand die niet naar me kwam kijken.

Arnout hield me vast en troostte me en toen dacht ik aan zijn moeder en dat hij beeldhouwer zou worden.

Ik wilde dichter worden.

Toen de ergste schrik voorbij was zei ik het heel zachtjes tegen mezelf. En iedere keer dat ik het zei werd het iets minder eng en bracht het ook rust, want ik hoefde niet meer te zoeken. Totdat ik het hardop durfde te zeggen. Want ook al kon mama geen moeder zijn: ik was haar dochter.